KB056706

그다음은,
네 멋대로 살아가라

그다음은,
네 멋대로 살아가라

우암 김재순 지음

샘터

　나는 우암友巖이라는 좋은 친구를 둔 것을 항상 고맙게 생각합니다. 아주 오래 전의 일입니다만, 그가 내게 〈시인과 물리학〉이란 책을 선물한 적이 있습니다. 그 책을 받아보고 나는 우암이 참으로 소중한 사람이라는 생각을 하였습니다. 내 딸아이 서영이가 물리학을 전공하는 것을 알고서 그 책을 선물한 것이지요. 그만큼 우암은 내게 무엇이 필요한지를 헤아리는 사람이었습니다. 그때부터 우암과 나는 한결같은 우정을 나누어왔습니다. 해마다 첫눈이 오면, 누가 먼저랄 것도 없이 전화를 해서 알려주는 약속도 30년 넘게 지켜오고 있습니다. 하늘에서 보내오는 편지를 서로 먼저 전하려는 뜻이지요.

　나는 〈샘터〉도 그를 닮아 한결같은 미더움을 지니고 있다고 생각합니다. 나는 그의 생각을 좋아하고 그가 쓰는 글을 좋아하니다. 특히 그가 매달 〈샘터〉의 뒤표지에 쓰는 글에는 작은 사물에 대한 깊이 있는 음미吟味와 현실에 대한 암시暗示가 있습니다. 이제 한 권의 책 속에 우암의 글이 고스란히 묶인다고 하니 큰 선물을 받은 것처럼 마음이 푸근합니다.

2006년 7월 **피천득**_ 시인, 수필가

여름

가을

겨울

그리고… 봄

여름

자기 자신의 주인공 · 16

멋대로 살아가라 · 18

기쁨의 조건 · 20

가장 짧은 편지 · 22

오늘의 꿈 · 24

콜린 파월의 생활철학 · 27

파도의 말 · 30

사람은 남을 기쁘게 하기를 좋아한다 · 32

살아남은 종種은 무엇일까 · 34

벌레한테서 배우는 것들 · 37

사랑하는 손자에게 · 40

아름다운 한국 청년 이수현 · 43

젊음의 시간 · 46

그녀의 이름은 '옥사나' · 48

유미리가 찾는 것 · 51

내 몸아, 그동안 고생 많았지? · 54

너의 일은 너 자신이 하라 · 56

애틀랜타 올림픽 유감 · 59

젊은이들의 첫째가는 책임 · 62

어느 나라 사람이 가장 정직할까 · 65

존경할 수 있는 친구 · 68

열다섯 살 소년 사업가 · 71

놀이 문화 · 73

〈타임〉지가 선정한 인물 · 76

가을

요즈음의 세상사 · 110

교육! 교육! 교육! · 112

청명한 가을 하늘을 쳐다보면서 · 115

길들이기 · 118

행복의 현주소 · 120

제일 힘 있는 나라 · 123

풀 한 포기 때문에 · 126

지금 내가 가꾸는 말나무 · 128

이유 있는 기쁨 · 130

미숙 · 132

문명과 문화 · 134

나는 참으로 행복합니다 · 82   좋은 사람, 어리석은 사람 · 136

괴테와의 대화 · 84

베타 엔돌핀 · 87

위험한 특권 · 90

'인연'의 아사코를 찾았다 · 92

지혜의 열쇠 두 개 · 94

감성 예찬 · 96

심플 라이프 · 98

그림과 대화하기 · 100

가족 안에서 살며 사랑하며 · 103

샘터가족은 하루에 한 쪽 이상 책을 읽습니다 · 106

문수의 지혜 · 108

겨울

첫눈을 기다리며 · 142

중국의 옛이야기들 · 145

잃어버리는 시간들 · 148

폭군의 속성 · 150

한 번쯤 돌아보라 · 152

길옥윤 이별 콘서트 · 154

맹인 연주자와 거리 가수의 노래 · 156

처방전 · 158

칸트 서거 200년 · 160

권력과 권위 · 162

케네디 2세의 죽음 · 165

위엄 있는 인생 · 168

나이를 먹는다는 것 · 170

잊혀져가는 낱말 '디이슨시' · 172

만남 복습 · 174

새 아침의 기도 · 176

일기를 씁시다 · 178

잊을 수 없는 연설 · 181

빙그레 웃음을 · 184

자기 혁명 · 186

잊은 건 없는가요 · 188

'한국 마을'의 사람들 · 190

"당신들은 모두 양반이오" · 192

우리는 어디로 가고 있는가 · 195

사랑할 수 있는 나라 · 198

긴 긴 겨울밤에 · 200

그리고… 봄

진짜 재미있게 사는 사람 · 235

유머의 힘 · 238

인생의 시위를 당기듯 · 241

학교가 사람을 만들지 못한다 · 244

서로 인사를 나눈다는 것 · 247

감동합시다! · 250

젊음은 행동이다 · 252

훈훈한 마음, 빙그레 웃는 모습 · 254

청춘 · 257

오늘만은 · 260

행복의 실체 · 206

신이 우리에게 절망을 보낸 이유 · 208

무엇에든 재미를 붙여보세요 · 210

노란 손수건 · 213

희망의 문은 열려 있다 · 216

세상에서 가장 귀한 것 · 218

눈이 마주칠 때면 · 220

영원한 소년 피천득 · 222

봄의 냄새 · 225

어떤 격려 · 228

행복은 만들어가야 하는 것 · 230

다이애나는 행복했을까 · 232

여름

영원히 살 것처럼 꿈을 꾸고, 내일 죽을 것처럼 오늘을 살아라.

_제임스 딘

황주리, 〈물 주는 여자〉, 22×27.2cm, 한지 위에 아크릴, 2006

여름은 이 세상의 모든 생명이 가장 생명다워지고 제 고유의 찬란한 빛을 발하는 계절입니다. 빨간 장미가 제일 빨갛고, 푸른 나무가 제일 푸르고, 눈부신 햇빛이 제일 눈부신, 그런 생명의 최상급 계절 속에서 나도 한번 진정한 내가 되어 두 팔을 쫙 벌려 세상을 끌어안아 보고픈 용기가 절로 샘솟습니다. 저 높은 산, 저 넓은 바다를 보며 나도 다른 생명들처럼 뜨거운 열정과 사랑으로 치열하게 살아보고픈 의지로 가슴 벅찬 계절, 바로 여름입니다.

이 세상에 앞표지보다 뒤표지가 더 중요하고 의미 있는 책이 딱 한 권 있습니다. 바로 〈샘터〉가 그렇습니다. 글쓴이의 이름이 적혀 있지 않은 글들이지만, 글 하나하나에서 느껴지는 메시지는 바로 이런 용기와 믿음, 그리고 힘입니다. 누군가 나보다 앞장서 인생의 미로를 탐험한 이가 내게 지도를 건네주듯, 나도 아름답고 올곧은 삶을 사는, 당당하고 용감한 삶의 탐험가가 될 수 있는 힘을 얻습니다.

                                        장영희_ 수필가, 영문과 교수

자기 자신의 주인공

중국 당唐나라 시대에 사언師彦이라는 선승禪僧이 있었습니다. 서암산瑞巖山이라는 산 속에 살았는데 매일 큰 바위 위에서 좌선坐禪을 하면서 혼잣말을 하는 버릇이 있었답니다.

사언 스님의 혼잣말이 참 재미있습니다.

'주인공'인 자기가 자기를 부르면 "네" 하고 대답하지요. 다음에는 "똑똑히 눈을 뜨고 있으렷다" 하면 또 "네" 하고 답하지요. "이제부터는 딴 사람에게 속는 일이 없으렷다." "네."

이처럼 자문자답하는 것이 사언 스님의 일과여서 그는 이 밖에는 평생 한마디의 설법說法도 하지 않은 것으로 이름이 있는 분입니다.

이즈음에 우리들은 자기가 자신의 주인공이 되지 못하고 살아가고 있지 않나 돌아보게 됩니다. 자기 자신의 주인공이란 자기 주관을 가지고 주체성 있게 살아가는 것이겠지요. 그런데 작은 일이나 큰일이나 간에 남의 눈치나 보면서 남이 하니까 따라서 하는 이가 적지 않습니다.

사언 스님이 '똑똑히 눈을 떠라' '이제부터는 딴 사람에게 속는 일이 없으렷다'고 한 의미를 깊이 새길 필요가 있습니다.

우리들은 적어도 자기 자신의 주인공이 되어 살아가야지요. 남의 눈치나 보고 남의 평에 신경을 쓰고 살아간다면 자기 인생을 살아간다고 할 수가 없지요.

특히 작으나 크나 공사公私 간에 책임을 지고 있는 사람일수록 자기가 내세우는 주장과 걸어가는 길이 분명해야겠지요.

(1990.09)

'주인공'은 선문禪門에서는 잘 알려진 화두話頭입니다. '참된 자기' 또는 '본래면목本來面目'이라고 하지요. 사언 선사처럼 참된 자기를 찾기 위해 평생을 자문자답하지는 못한다고 하더라도 틈틈이 주인공을 가리고 있는 집착이나 망상을 제거하여 본래의 진실한 자기 모습을 찾아보는 여유를 가져야겠습니다.

멋대로 살아가라

내가 집안 아이들에게 입버릇처럼 하는 말이 있습니다.

첫째, 남에게 폐를 끼치지 말아라. 둘째, 남과의 약속은, 작은 약속이든 큰 약속이든 일단 약속했다면 끝까지 지켜라. 셋째, 우리가 먹는 것, 입는 것 어느 하나 혼자서 할 수 있는 일이 어디 있느냐. 그러니 범사에 감사하며 살아가라. 그다음은 네 멋대로 살아가라.

멋대로 살라는 말은 네가 믿는 바대로, 훗날 후회하지 않을 길을 찾아가라는 뜻이지요. 앞의 세 가지보다도 멋대로 살아가라는 대목이 실은 더 어려워 보입니다.

인생을 살아가노라면 누구나 조그마한 힌트를 얻게 되지요. 암시라 할 수도 있고 시사示唆라 할 수도 있겠지요. 보통 평범한 사람도 일상생활 속에서 작은 진실 조각을 발견하곤 합니다. 바로 그것이 살아가는 데 힌트가 되지요. 한 가지 일을 골똘하게 생각하노라면 불현듯 떠오르는 힌트, 이것을 놓칠세라 철저하게 붙들고 파고드는 의지 – 여기에서 자기 인생의 길을 찾게 될 테지요. 내가 멋대로 살아가라고 한 것은 바로 이런 뜻입니다.

어떤 시대가 되더라도, 또 어떤 일이 주변에 생기더라도 자기 내면에 확실하고도 분명한 심지心志가 있고, 또 그것을 자기 자신이 잘 가꾸어나가기만 한다면 제멋대로 살아가더라도 아무런 문제가 될 수 없을 테지요.

정보화 시대에 살고 있는 우리들은 매스컴의 물결에 떠내려가기 쉽습니다. 매스컴만을 믿고 별생각 없이 모든 진실을 안 것처럼 여기기 쉽습니다. 이때 잠깐 발걸음을 멈추라는 것입니다. 세상 물결에 속절없이 떠내려가지 말고 자기를 찾아서 평소 간직해온 자기 심지에 비추어보라는 것입니다. 그런 뜻에서 자기 멋대로 살아가라는 것이지요. 바꾸어 말하면 한 번밖에 없는 인생 – 남들의 덤으로 살아갈 것이 아니라 자기 나름의 인생, 자기 멋대로 살아가자는 것이지요. (1999. 05)

기쁨의 조건

올림픽에 나가는 선수들이 피나는 연습과 숨 막히는 프레셔 pressure를 이겨내고 쟁취하는 금, 은, 동메달 ─ 정녕 값진 포상이다.

큰 고생 없이 얻을 수 있는 것이라면 누가 올림픽의 메달을 탐할 것인가. 무엇이든 진정 귀하고 가치 있는 것의 이면에는 그것에 쏟아 부은 노력이 깃들어 있다.

올림픽의 메달은 선수 본인뿐 아니라 그 선수를 배출한 나라, 민족의 영광이니 더욱 귀하고 값진 것이다.

스포츠는 힘과 기技를 겨룬다. 육체적, 정신적 스트레스가 따른다. 스포츠맨은 그 스트레스를 즐긴다. 스트레스를 이겨내는 과정을 즐긴다고 할 수 있다. 격렬한 스포츠일수록 몸이 성할 날이 없으리라. 그러나 그들은 경기에 임하는 자신의 모습을 떠올릴 때 가슴이 뛰고, 날아갈 듯 몸이 가벼워진다. 그처럼 스포츠는 즐겁고 신나는 놀이play이다.

사람은 즐거움을 찾는 동물이라 하였다. 즐거움을 목표로 고생도 하고, 열심히 공부도 한다. 목표 달성을 위한 고생이고, 문제 해결을 위한 고뇌인 것이다. 아무런 목표가 없는, 무의미한 고통은 감내할 수 없다. 권투선수는 얻어맞으면서도 상대방에게 다가간다. 되받아칠 찬스를 얻기 위해서이다.

올림픽 선수가 아니더라도 자기가 하고자 겨냥한 것을 자기 손으로 해낼 때처럼 기쁘고, 즐겁고, 뿌듯한 일이 어디 있겠는가. 성취 뒤에 얻는 증거, 표시, 메달도 귀중한 것이다. 전쟁터에서 목숨을 걸고 얻어낸 훈장은 참애국자에 대한 온 국민의 포상이다. 1960년대 수출 1억 불을 처음으로 달성했을 때, 온 국민이 힘차게 불렀던 노래를 잊을 수가 없다.

"잘 살아보세, 잘 살아보세, 우리도 한번 잘 살아보세."

온 국민의 마음이 하나가 되어 공통의 목표를 이루어낼 때, 자신이 그 속에 뛰어들어 피땀을 흘린 경험자일수록 그 기쁨은 하늘을 찌를 듯 클 것이다. 올림픽을 치르는 순간순간마다 온 겨레가 "대~한민국!"을 불러보고 싶은 것은 혼자만의 바람이 아니니라. (2004 . 09)

가장 짧은 편지

세계에서 가장 짧은 편지는 누가 쓴 것이었는지 아시나요?

그것은 지금으로부터 약 200년 전 프랑스의 유명한 작가 '빅토르 위고'가 쓴 편지였습니다. 그의 편지 속에는 '?' 한 자만 적혀 있답니다. 그런데 이 편지를 받은 사람의 회답 또한 걸작이었습니다. 감탄사인 '!' 한 자뿐이었다니까요.

어쩌면 암호 같기도 한 물음표와 느낌표. 빅토르 위고는 답신 '!'를 보고 날아갈 듯 기뻐했다고 하지요. 자신이 보낸 편지는 훗날 불후의 명작이 된 소설 〈레 미제라블〉을 출판사에 보내고 나서 작품에 대한 반응이 하도 궁금하여 보낸, '나의 작품이 어떠한가? 잘 팔리고 있는가?' 하는 물음이었는데, 이에 대한 출판사의 답장이 감탄사인 '!'였고 이것은 곧 '작품에 감격하였소, 잘 팔리고 있소'라는 뜻이니 빅토르 위고가 날아갈 듯 기뻐한 것은 당연한 일이었습니다.

〈레 미제라블〉의 주인공 '장발장'은 빵 한 조각을 훔쳤다는 이유로 19년간 감옥 생활을 하지요. 그 19년의 굴욕과 노역에서 그가 얻은 것은 사회에 대한 증오와 원한이었습니다. 그러나 출옥 후에 만난 밀리에르 신부의 참된 사랑과 성의로 얼어붙었던 그의 마음이 움직이지요. 그날부터 장발장의 마음 깊은 곳에서는 신神과 악마의 처절한 격투가 시작됩니다. 그리하여 인생은 결코 추악하거나 허무한 것만 아니다. 그래도 인생은 살아갈 가치가 있다는 경지에 이르게 됩니다.

우리 사회에 장발장의 고뇌와 자기의 고뇌가 중복되어 마음의 갈등을 경험하고 있는 사람이 적지 않을 것입니다. 그럴 때 이 책은 더없이 좋은 마음의 벗이 되리라 여겨집니다. 고독에서 구해주는 한 권의 책, 새로운 책을 펼치는 것은 비밀리에 창문을 여는 기분과 같지요. (2002. 09)

살면서 누구나 갈등과 고뇌의 순간에 빠질 때가 있습니다. 그때 자신에게 '?'의 편지를 보내는 건 어떨까요? 물론 그 답신으로는 '!'를 받아야 하겠지요.

오늘의 꿈

여러분은 '소니Sony'라는 이름의 일본 기업을 아시겠지요. 일본인들은 21세기에 가장 성공할 수 있는 기업으로 소니를 꼽는다고 하지요. 그러나 미국을 비롯한 서구 선진국 비즈니스맨들은 소니보다도 '교세라京セラ'를 꼽고 있다고 합니다.

교세라가 지난 25년간 이룩한 성공은 반도체 혁명의 부산물이지요. 어느 날 갑자기 하이테크의 소재로 내열성이 높고, 전기 절연성이 뛰어난 세라믹Ceramics의 새로운 용도가 생겨났습니다. 이는 이나모리稲盛라는 사람이 해낸 독창적인 연구의 결과이지요. 이나모리 씨는 처음부터 한 회사의 경영자였던 것이 아니라 평범한 직공으로 시작했습니다. 공장 현장에서 용광로를 들여다보면서, 혼합 비율을 여러 모로 시험해보는 가운데 새로운 아이디어를 떠올렸다고 하지요.

🦋 여름

그는 성공한 뒤에도 손을 놓지 않고 한 발짝씩 더 파고들었습니다. 오늘날 교세라는 인공치근齒根, 인공뼈 등 생체 대용 의학 재료에서 자동차 엔진, 나이프, 태양전지 소재 등 새로운 응용분야에 이르기까지 첨단의 기술력을 자랑하는 기업이 되었습니다.

　이처럼 세계에서 손꼽히는 큰 회사를 키워냈지만, 이분의 생활은 변함없어 지금도 회사 설립 당시처럼 사무실에서 자고 먹으면서 새벽 서너 시까지 일에 몰두하고 있다고 합니다. 1932년생이지만 흰 머리칼이나 주름살 하나 없이 젊은 활기가 넘치는 이나모리 씨. 그가 친구들에게 즐겨 하는 말이 있습니다.

　"나에게는 꿈이 있다. 먼 앞날의 꿈이 아니라 오늘의 꿈을 하나하나 쌓아간다. 세라믹으로 인공치근을 만드는 아이디어가 생각나면 전력을 다해서 이것을 이루어내고, 또 그다음 목표, 즉 새로운 꿈을 가슴에 품는다."

　여러분의 가슴에 와닿는 이야기가 아닐는지요. [1992 . 08]

거품경제가 한창이던 1990년대 일본의 많은 기업이 부동산 투자에 혈안이 되어 있었지만, 교세라는 '땀 흘리며 스스로 번 돈이 진짜'라며 그런 유혹을 뿌리쳤습니다. 그 후 거품이 붕괴되면서 다른 기업들은 장기 불황의 늪에 빠졌지만 교세라는 오히려 승승장구하며 소니를 앞지르는 순익을 창조했습니다. 이는 "인간으로서 올바른 것을 지켜나간다는 단순하지만 확실한 원리 원칙을 가지고 있으면 어떠한 상황에서도 올바른 판단을 할 수 있다"는 이나모리 회장의 경영철학이 있었기에 가능한 일이었습니다.

여름

콜린 파월의 생활철학

그는 자메이카 이민 2세입니다. 출생지도 뉴욕의 '할렘'입니다. 험한 빈민가에서 성장한 그는 학업 성적도 겨우 평균 수준이었습니다.

그러나 군문軍門에 들어선 그는 월남전과 파나마 사태 그리고 걸프전을 거치면서 4성 장군이 되었고, 세 명의 미국 대통령 국가안보 담당 보좌관과 합참의장을 역임했습니다. 그리고 마침내는 1952년 아이젠하워 장군 이래 군인 출신으로 미국 국민이 대통령으로 뽑고 싶어하는 현재의 인물이 되었습니다.

이 사람의 이름은 콜린 파월Colin Powell. 그의 성공 비결이라고 할 수 있는 생활철학은 이렇습니다.

1. 아무리 좋지 않은 일도 생각보다 나빠지지는 않는다. 아

침이 되면 좋아질 것이다.

2. 화나는 일이 생기면 화를 내라. 그런 다음 이겨내라.

3. 자신의 주장에 이끌려 자아自我마저 무너지는 일이 없도
   록 하라.

4. 하면 된다.

5. 선택은 신중히 하라. 신중한 선택일수록 얻어지는 효과
   는 더 크다.

6. 좋은 결정 내리는 데 불리한 사실들의 방해를 받지 않도
   록 하라.

7. 다른 사람의 선택을 대신해줄 수 없듯이 남이 당신 대신
   선택하게 해서는 안된다.

8. 사소한 일을 점검하라.

9. 공적은 나누어라.

10. 침착하라. 그리고 친절하라.

11. 비전을 가져라. 그것을 항상 자신에게 요구하라.

12. 두려움을 갖거나 반대를 위한 반대자들과 너무 상의하지
    마라.

13. 지속적인 낙천주의는 힘을 배가시킨다.

온몸으로 부딪쳐온 그의 열정적인 삶의 기록들은 '인간 승리'의 산 교과서가 아닐까요. (1997.08)

미국 최초의 흑인 국무장관이었던 그가 작년 사임을 발표하자 아쉬워하는 사람들이 많았습니다. 그는 열일곱 살 되던 해 여름에 음료수를 병에 담는 공장에서 시간당 90센트짜리 일자리를 얻었다고 합니다. 다른 백인 10대들은 비교적 수월한 기계를 닦는 일이 주어졌지만, 운반인으로 채용된 그에게는 큰 대걸레가 주어졌지요. 시멘트 바닥을 닦으라는 것이었습니다. 어느 날 50상자나 되는 콜라가 시멘트 바닥으로 떨어져, 갈색 거품 범벅이 되는 사건이 발생했을 때 그의 진가가 나타났습니다. 이후 그는 기계를 닦는 일을 배정받을 수 있었고 다음해 여름방학에는 부 직공장까지 됐기 때문입니다. 파월은 처음 대걸레를 잡았을 때 이렇게 결심했다고 합니다.

"이 공장이 생긴 이래 최고의 걸레잡이가 되겠다."

파도의 말

이미 이 세상 사람이 아닌 친구 한 사람을 소개합니다. 그는 초등학교를 마친 후 조그마한 이발소에 취직해 손님들의 머리를 감겨주는 일부터 시작했습니다. 그리고 자란 후에는 마침내 이발소 주인이 되었습니다. 그는 일을 하면서도 짬짬이 고아원에 찾아가서 원생들의 머리를 손질해주는 것을 좋아하였습니다.

제가 언젠가 군에서 휴가를 받고 고향에 돌아왔을 때, 그와 둘이서 자주 가던 바닷가에서 이런저런 이야기를 많이 나누었습니다. 그때 그는 더듬거리면서 자기가 알고 있는 행복을 이야기했습니다. 자기는 어려서부터 이발소 일만을 했기 때문에 다른 것은 잘 모른다고 하면서, 행복을 이렇게 표현했습니다.

이발하러 오신 손님의 머리를 정성껏 손질할 적엔 아무런 잡념 없이 오로지 그 손님의 머리만을 온 마음을 다해 다듬어갈 뿐이라고. 그것이 자신에게는 행복이 아닌가 생각한다고.

살면서 외로움을 느낄 때면 저는 이따금씩 그 바닷가를 찾곤 합니다. 지금 그는 이 세상에 없지만 파도 소리를 들을 때마다 그의 이야기를 떠올립니다.

샘터에서 펴내서 많은 독자들의 사랑을 받았던 〈작은 이야기〉 가운데 농부 권상철 씨의 글입니다.

자기가 하는 일이 남한테는 하찮은 돈벌이로 보일는지 모르지만 오로지 그 한 가지 일에 빠져 있을 때가 '행복'이라고 말한 그 사람을 향해 파도는 '옳소'라고 맞장구를 쳐주지 않았을까요?

올 여름에도 바다를 찾는 이들이 많으리라 생각합니다. 겉으로는 웃지만 속내는 걱정으로 미어진 이들도 적지 않겠지요. 이런 분들일수록 푸른 파도가 무어라 하는지 마음을 열고 들어 보시기를 권합니다. [1998 . 08]

사람은 남을 기쁘게 하기를 좋아한다

무엇을 하더라도 곧잘 해가는 사람과 그렇지 못하고 마지못해서 하는 사람이 있다.

'나 같은 사람이라도 써주는 곳이 있으니 참 나는 행복해…' 이렇게 생각하며 일하는 사람과 '본래 나는 이런 데서 이런 일이나 할 사람이 아니야. 어쩌다 이 일을 하게 됐을 뿐이지…' 하는 사람을 비교하면 어떤 결과가 생길까. 직업이나 직장에 대한 이런 의식의 차이는 신입사원 시절에는 그리 큰 차이를 보이지 않을지 모른다. 그러나 5년, 10년이 지나노라면 돌이킬 수 없는 큰 차이가 생길 것이다.

어떤 일이든 일에는 깊이가 있는 법. 한 가지 일을 마스터하면 성취 동기가 생겨 다음 일을 해보려는 의욕이 생긴다. 일에 대한 보수는 그 일 자체라고 생각한다. 하는 일에 재미가 생기고, 보람도 느끼고, 그에 상응하는 대가도 받는다. 이는 2중 3중의 보수가 아닌가. 이렇듯 몇 해가 지나노라면 즐겨가며 일하는 사람은 어느덧 풍부한 지식과 경험이 쌓여 동료나 직장으로부터도 신뢰를 얻게 된다.

한편 "나는 받는 월급만큼은 일하고 있어. 회사가 제대로 실적을 내지 못하는 것이 어디 내 탓인가. 회사의 운영을 잘 못한 탓이지" 하는 사람도 있다. 일의 성취를 위해서 필요한 것은 의욕이다. 의욕이 없는 사람은 여러 가지 구실을 찾는다. 자기가 하고 있는 일이 어떤 일인지, 분명한 뜻과 목표를 찾아 거기에 재미를 붙이고 의욕을 더한다면 그보다 더한 보람과 충족감이 어디 있겠는가.

어디서 무엇을 하거나 자기가 남에게 필요한 존재가 된다는 것, 자기에게도 남에게도 기쁨이 아니겠는가. 사람은 남을 기쁘게 하기를 좋아한다고 했다. [2004 . 06]

살아남은 종種은 무엇일까

스펜서 존슨이 쓴 〈누가 내 치즈를 옮겼을까〉라는 책이 전 세계의 독서계를 강타했다. 2, 30분이면 다 읽어버릴 수 있는 간단한 줄거리에 5, 60쪽도 안 되는 작은 책이다. 이 책은 '난쟁이와 쥐의 우화' – 환상적인 소설이라고 할 수 있다.

오래 전 〈갈매기의 꿈〉이란 우화가 세계적으로 베스트셀러가 된 일이 있었다. 갈매기는 먹는 것보다 하늘을 날아다니는 그 자체를 소중히 여겼다. "우리들은 자유로운 몸, 가고 싶은 곳을 어디든지 다 자유롭게 날아갈 수 있다. 그것만으로 더 바랄 것이 없다"고 갈매기는 말한다.

베스트셀러는 그 시대를 반영한다. 〈누가 내 치즈를 옮겼을까〉는 〈갈매기의 꿈〉과는 대조적으로 하늘을 훨훨 날아다니는 것이 아니고 아주 폐쇄적인 공간인 미로에 살고 있는 두 난쟁이와 두 마리의 쥐가 주인공이다. 이들의 최대 관심사는 치즈, 즉 먹는 것이다. 미로를 헤매며 치즈를 찾아다니고, 산더미처럼 쌓인 치즈를 보고 행복감에 가득 찬다. 먹을 걱정이 없어진 것이다. 그러던 어느 날, 갑자기 치즈가 없어진다. 당황한 두 난쟁이는 화가 치밀어 어쩔 줄을 모른다. 두 마리의 쥐도 다시 미로에 돌아와 사방팔방으로 치즈를 찾아다닌다.

이 우화는 무엇을 말하는 걸까. 세상의 변화를 말하는 것이리라. 사람들이 먹기 위해서 밤낮을 이어 정신없이 살아가고 있을 때, 먹는 것보다도 자유의 소중함을 전달한 갈매기 – 그 배경에는 경제 개발로 빈곤을 벗어난 시대 상황이 있었다.

〈누가 내 치즈를 옮겼을까〉의 배경은 무엇일까. 그 배경에는 지금까지 걱정 없이 지내왔던 직장 – 회사에서, 공장에서, 학교에서 아무런 사전 예고도 없이 어느 날 갑자기 떠나게 된 신세, 세계화, 정보화가 가져온 일대 변혁기의 상황이 있다. 그 무엇도 탓할 겨를 없이 먹기 위해서, 살아가기 위해서 먹을 것을 찾아 미로로 나서야 하는 시대인 것이다.

자기의 능력이 무엇인가. 변화하는 시대에 걸맞도록 새로운 일을 배우며 살 길을 찾아나서야 한다. 치즈의 우화는 비극을 피하기 위해서는 변화에 적응할 수 있도록 자기 자신을 변화시

킬 수밖에 없다는 것을 암시한다.

'다윈의 법칙' 한 토막을 소개한다. "살아남은 종種이란 가장 강한 종도 아니며 또한 가장 현명한 종도 아니다. 변화에 가장 잘 대응하는 종이다." [2001 . 06]

"두려움을 없앤다면 성공의 길은 반드시 열린다."
"새로운 방향으로 움직이는 것은 새 치즈를 찾는 데 도움이 된다."
"과거의 사고방식은 우리를 치즈가 있는 곳으로 인도하지 않는다."
"변화를 즐겨라. 모험에서 흘러나오는 향기와 새 치즈의 맛을 즐겨라."
_ 〈누가 내 치즈를 옮겼을까〉 중에서

🕊 여름

벌레한테서 배우는 것들

　요즘 도시에서는 곤충을 볼 기회가 많지 않습니다. 급속히 늘어가는 아파트 생활 때문에 특히 어린이들이 곤충을 볼 기회는 점점 줄어갑니다. 서식 공간이 없어져 가는 것도 한 원인이겠지만 가정마다 방충제, 방곰팡이제 등을 대량 사용하고 이것들이 생활하수로 흘러가게 되니 벌레들이 살아갈 수가 없지요. 인간에게 쾌적한 것이 곤충에게는 해로운 것이 된 셈입니다. 지구에서 살고 있는 동물의 80%가 곤충류라고 하는데 점점 곤충이 없어져 가니 이래도 되는 것일까요.

　얼마 전 신문 독자란에서 본 것인데 초등학교 선생님 한 분이 메뚜기 한 마리를 잡아 어린아이에게 주려고 했더니 모두 무서워서 움찔하더랍니다. 잠자리가 무서워서 우는 애까지 있었다지요. 어린이와 벌레의 관계가 예전과는 크게 달라진 모양입니다. 컴퓨터 게임에 열중하고 있는 어린이들은 화면 속에서 움직이고 있는 곤충을 보면 징그러워하면서도 자기 또래가 채집한 곤충표본을 보고는 "너는 그것이 불쌍하지도 않니?" 하고 나무라더랍니다.

1, 20년 전만 해도 어린이들은 잠자리나 매미잡이에 해 지는 줄 모르고 놀았지요. 잠자리 날개를 뜯어보기도 하고 둥지에 매미를 잡아넣기도 했답니다. 좀 잔인한 장난이었을지는 몰라도 그러한 경험을 통해서 벌레들과 친해지고 생명의 신비를 느낄 수 있었지요.

여름 장마철이 지나면 어떻게 알아차렸는지 매미의 울음소리가 요란하지요. 겨우 1주 남짓 가는 매미의 합창소리. 그날을 위해서 땅 속에서 5, 6년을 기다린다고 합니다. 개미의 사회도 인간들에게는 많은 시사示唆를 던져주지요. 개미 사회에는 일 잘하는 개미와 보통 일하는 개미와 일을 하지 않고 놀고먹는 개미가 6:3:1의 비율로 구성되어 있다고 합니다. 시험 삼아 일하지 않는 개미를 배제하고 보니, 나머지 개미들이 다시 6:3:1로 다시 배분되어 일하지 않는 개미가 또 생겨나더라고 합니다. 일하지 않고 놀기만 하는 개미라도 개미 사회에서는 어디에든 쓸모가 있으니 배제하지 않는 것이겠지요. 이것이 바로 생태계의 메커니즘이 아니겠습니까.

　도시 생활에서 벗어나 어린이와 함께 벌레를 찾아 교외로 나가보지 않으시겠습니까. TV 화면만으로는 알 수 없고 느낄 수 없는 세계가 있다는 것을 벌레한테서 배울 수 있을 테니까요.

[2000 . 06]

사랑하는 손자에게

2년 반의 군복무를 마치고 손자가 돌아왔다. 그저 무사히 돌아온 것만으로도 부모의 마음은 대견하고 감사할 따름이다. 그런데 이 녀석의 마음은 그렇지가 않은 모양이다. 군대에 가 있는 동안 하던 공부가 중단되었을 뿐 아니라, 알던 것도 많이 잊어버려 어디서부터 어떻게 다시 시작해야 할지 걱정이라는 것이다.

이럴 때 할아버지로서 손자에게 해줄 수 있는 말은 무엇일까. "피곤하거들랑 좀 쉬었다 가려무나. 남들도 그리 먼 곳까지는 못 갔으리니…." 러시아의 어느 문학 작품에서 읽은 구절이라 기억되는데, 지금까지 잊지 않고 있는 것은 이 말이 어딘가 함축성이 있는 데다, 사려 깊은 사람이 아니면 가질 수 없는 지혜가 담겨 있기 때문이리라. 이참에 손자에게 이 말을 꼭 전하고 싶다.

　군대 갔던 세월이 너에게 핸디캡이 되었다면, 그것을 극복하면 될 것이 아니겠니? 네가 보기에는 남들보다 뒤떨어진 것 같지만 대신 너는 군복무를 치르면서 남들과 다른 인생 경험을 했을 것이다. 힘들었지? 사람이 고생하게 되면 전보다 더 강해질 수도 있고, 반대로 뒤처질 수도 있지. 그것은 사람 나름이란다. 사람은 편안할 때는 자신감을 못 가진다. 그러나 고생을 겪으면서 비로소 자신을 알게 되지.

　할아버지 세대에겐 인생이 참으로 큰 사건의 연속이었어. 사람이 살아가는 데 제일 참을 수 없고 괴로운 것이 무엇이겠니. 뭐니 뭐니 해도 배곯는 것이지. 자식을 굶게 만드는 가난, 잘 곳이 없어 거리를 헤매는 일…. 이런 고생을 겪지 않은 사람이 거의 없었단다. 그래서 할아버지 세대의 사람들에겐 좀처럼 쓰러지지 않는 강인한 성격이 형성되었다고 볼 수 있지.

　손자야! 생각만 하는 것은 어렵지가 않다. 행동하는 것이 힘들고 그중에서도 자기가 생각하는 대로 행동하는 것이 가장 어렵다. 할아버지가 평생 존경하는 분 – 누군지 알고 있지? 도산 안창호 선생, 그 어른의 말씀을 너에게 전해주마.

"사람이 살아가는 데 가장 중요한 것은 갈고닦는 행동원칙이다"라고 하셨다. "죽더라도 거짓이 없어라!"고도 하셨지. 지치거나 초조해하지 말고 한 발 한 발 나아가면 반드시 최후에는 이긴다. 팔십 난 할아비의 신념이란다. 기억해주길 바란다, 사랑하는 손자야. (2005. 07)

🕊 여름

아름다운 한국 청년 이수현

어느 시인이 읊었던가 "아! 모를 일이로다. 마음이 착한 사람이 먼저 죽는 까닭은…."

이 구절이 생생하게 떠오르는 사건이었다. 일본 도쿄의 전철역에서 철로에 떨어진 낯모르는 사람을 구하려다 전차에 치여숨진 이수현李秀賢. "약한 자를 보면 그대로 외면하지 못하는수현이다운 행동이다"라고 그를 아는 친구는 말했다. 갑작스러운 일에 어떤 행동을 취하느냐 — 여기에서 그 사람의 본질이나타난다고 했다. 보지도 알지도 못하는 남을 살리기 위해 자기의 목숨을 바치는 그런 행동을 이수현은 한 것이다. 아무나, 누구나 할 수 있는 일이 아니다.

그는 이즈음의 우리 사회에 비친, 찬란한 한 줄기의 별빛이다. 거짓과 비굴과 불의와 불감증에 숨이 막힐 듯 박정한 사회에 이렇게 의롭고 용감하고 멋진 사람 – 젊은이가 있었다니….
세상에는 온통 나쁜 놈, 저질적인 인간, 철딱서니 없는 젊은이
만이 활개치는 것처럼 보이지만, 사실은 그런 사람들보다는 착
한 사람, 의젓한 젊은이들이 더 많이 있어 이만큼이라도 이 사
회를 지탱하고 있구나 하는 생각이 들었다. 그래서 더더욱 수
현의 죽음은 비통하기 그지없는, 엄청난 슬픔이 아닐 수 없다.

　수현이 생전에 개설했던 홈페이지에는 한국과 일본으로부터
수만 건의 칭찬과 추도의 메시지가 보내지고 있고, 일본의 모
리森 총리는 손수 영결식에 참석하여 "이수현 씨의 죽음이 일
본의 젊은이들에게 모범이 되도록 가르치고 싶다"고 말하기도
했다.

　이수현 – 당신은 자랑스런 한국인입니다. 당신은 2001년, 21
세기를 시작하는 문턱에서 한국 청년이 가져야 할 마음가짐을
보여주었소. 최고의 도덕은 남을 위해 희생하는 것. 당신이 발
휘한 용기는 모든 도의의 기초라는 것. 우리 사회에 정의와 용
기를 불러일으킨 수현! 당신의 영혼이 우리네 젊은이들의 가슴
속 깊이 길이길이 깃들기를 비옵니다. [2001 . 03]

지난 1월 고故 이수현 씨의 추모 5주기 행사가 도쿄에서 열렸습니다. 5년의 시간이 흘렀지만 추모식장은 그의 용기와 정의를 잊지 못하는 이들로 가득찼습니다. 내년 봄에는 그를 기리는 영화 〈너를 잊지 않을 거야〉가 한국과 일본에서 동시에 개봉될 것이라고 합니다.

젊음의 시간

요즘 젊은이들 사이에 유행하고 있는 말이 있다. 바로 '니트 Neet'라는 말이다.

'Neet'는 'Not in Education, Employment or Training'을 뜻한다. 문자 그대로 공부하기도 싫고, 취직도 직업 훈련도 하지 않으려는 젊은이들을 말한다. 본래 이 말은 영국에서 시작되었다고 하는데 비백인非白人이나 실업가정 등 사회적 약자 계층을 가리키는 말이라고 한다.

그런데 그 '니트'라는 말이 어느새 소리 없이 우리 사회에도 밀려온 것일까. 지금까지 우리 젊은이들은 '좋은 학교에 들어가 좋은 회사에 취직하면 별걱정 없이 살아갈 수 있다'고 생각해왔다. 그러나 요즘의 사회 구도는 그렇지 않다. 충성심 있는 샐러리맨으로 일하면 연공서열에 따라 평생이 보장되어왔던 지금까지의 산업구조가 세계화, IT시대의 개막으로 말미암아 능력 중심으로 재편된 것이다. 젊은이들에게 지표를 제시해야 할 세대는 경제 위기로 인해 구조조정의 폭풍을 맞아 졸지에 직장에서 쫓겨나 갈 데 없는 신세가 되었고, 이 역시도 젊은이들의 비전 상실에 일조하고 있다.

좋은 대학이란 무엇인가, 좋은 직장이란 무엇인가. 우리 사회에 아직 새로운 구도가 마련되지 못했기 때문에 젊은이들은 '무엇 때문에 배우고, 무엇 때문에 일해야 하는가'에 대한 해답을 찾지 못하고 있는 듯하다.

'무엇이든지 할 수 있는 시간이 있어 젊음이 귀중한 것'이라 했건만, 그들이 자기의 자원인 젊음의 시간을 허송하는 것이 너무나 안타깝다. 자신을 낭비해버리는 사람과 '어떻게든 살아가야지, 살 길을 찾아가야지' 하고 분발하여 공부하고 땀 흘리며 살아가는 이와의 차이는 5년, 10년이 지나노라면 돌이킬 수 없을 정도로 커질 것이 분명하다.

모든 사람이 다 평등하게 가지고 있는 하루 24시간을 어떻게 쓸 것인가. 자기 성취를 위해서 무엇을 할 것인가. 자기 인생에 대한 설계도를 작성하여 하나하나 실현해나가는 알차고 야무진 젊은이의 모습을 그려본다. (2005 . 04)

그녀의 이름은 '옥사나'

　'내 신세가 왜 이렇게 불우한가' '내 팔자가 왜 이렇게 불행한가' 하고 자탄自歎하는 사람들일랑 이 이름을 기억하시라. 옥사나 바이울Oksana Baiul! 릴레함메르 동계올림픽 피겨 스케이팅에서 여자 싱글 부문 여왕이 된 열여섯 살 난 우크라이나 출신 아가씨의 이름입니다. 두 살 때 아버지가 집을 나가고, 열세 살 때 어머니가 암으로 세상을 떠났습니다.

　"그녀는 언제나 울면서 스케이트를 탔고, 스케이트를 타면서 울었지요."

　당시의 코치는 이렇게 말합니다. 이 코치도 생활이 어려워 캐나다로 이민 갔습니다. 그 후에 지도를 맡았던 가리나 즈미에프스카야는 옥사나 양을 양녀로 입적시켰다고 하죠. 운동복은 친구들이 입던 헌 것을 물려받았고, 스케이트 신발은 먼저 올림픽에서 남자 싱글로 우승했던 페토렝코가 선물해준 것이랍니다. 연기도 '세계에서 제일 가난한 우크라이나의 연출가가 무상으로 생각해냈다' 지요.

'마이 페어 레이디' '카바레' 등 브로드웨이 뮤지컬 히트곡에 맞추어 옥사나는 신들린 듯이 춤추었습니다. 발레리나와 같은 스텝과 스핀… 즉흥적인 판단으로 마지막 순간에 비호처럼 날듯이 두 번을 공중에서 회전하는 '더블 악셀'을 아홉 번이나 해냈습니다. 그녀는 눈물 나는 결정結晶으로 4분간의 연기를 끝맺었고, 드디어 꿈을 손에 잡을 수가 있었습니다. 연기를 끝낸 옥사나 바이울의 눈에서는 대추알 같은 눈물방울이 멈출 줄 몰랐습니다. 경기 바로 전날 연습 중에 다른 선수와 충돌하여 오른발 발꿈치를 세 바늘이나 꿰맨 데다 허리와 등에도 아픔이 남아 있었던 것입니다. 득점得點이 발표되자 그녀의 울음은 큰소리로 변했습니다.

"아픔과 기쁨이 범벅이 됐던가 봐요."

그녀의 오른발은 눈에 띄게 부어 있었다고 합니다.

시상대에 올라 금메달을 목에 걸면서 "금메달 다음에는 무엇이 소망인가요?" 하고 묻는 말에 "초콜렛 과자. 우리나라에서는 귀중품이거든요"라고 대답한 귀여운 아가씨.

"지금도 나의 어머니는 나와 함께 계셔요…."

159센티미터의 키, 43킬로그램의 체중이라는 가냘픈 몸매를 가진 옥사나 양이 받은 금메달은 정녕 신神의 선물이 아닐까요? (1994 . 04)

여름

유미리가 찾는 것

　"왜 사람은 매일 먹어야 하는가? 학교에서 공부하는 것은 무엇 때문인가? 왜 사람을 죽이면 안 되는가?" 일본에 살고 있는 한국인 작가 유미리柳美里 씨는 신작 〈골드 러시〉에서 열네 살 난 주인공을 내세워 근원적인 물음을 합니다.

　아비는 거금을 움직이는 장사꾼이지만 돈 버는 일과 젊은 계집에만 눈이 팔려 아들인 소년에 대해서도 돈만 주면 만사 해결이라고 생각합니다. 어미는 그러한 배금주의에 진절머리가 나서 신흥 종교를 맹신하다 집을 나가버리고, 고교생인 누나도 아비의 폭력을 견디지 못하고 가출하지요. 지하실에 금덩어리와 지폐가 쌓여 있는 호화주택에는 학교에 가지 않는 소년과, 심신장애인이면서 음악에 미쳐 있는 형만이 남게 되지요.

'천사 같은 형만큼은 꼭 지켜야지.' 이런 생각이 소년의 윤리감과 인내를 지탱하여왔으나 어느 날 밤, 사소한 일로 자존심에 상처를 입은 소년은 일본칼을 휘둘러 아비를 죽여버리고 시체를 지하실에 묻어버립니다.

19세기 러시아의 소설가 도스토예프스키의 〈죄와 벌〉에 나오는 청년 라스콜리니코프는 가난에 찌들어 죄를 짓지만, 유미리의 〈골드 러쉬〉의 소년은 풍족한 부富 때문에 범행을 하는 것이지요.

저물어가는 20세기 말인 오늘날, 신神을 찾는 사람 – 젊은이들은 점점 사라지고 있는 것일까요. 사내아이들은 저질적인 게임에 빠져 있고 계집아이들은 미쳐서 날뛰는 무녀처럼 어지럽게 춤을 춥니다. 그들에게 욕망을 공급하는 자는 누구일까요? 무엇일까요?

샘터는 근 30년을 하루같이 이런 사람들과 필사적인 싸움을 벌였습니다. "사람 구실 하라!" "자기 하는 일에 충실하라!" "이웃과 나라를 사랑하라!" 그리고 진실하게 살아가려는 젊은이들에게는 있는 힘을 다하여 인생 응원가를 보내왔습니다. 우리 모두의 선한 신神을, 유미리 씨와 함께 찾아나섭시다. (1998 . 12)

🕊 여름

재일동포라는 멍에 때문에 겪어야 했던 불행했던 과거사, 유부남 히가시와의 만남과 사랑 그리고 아들의 출산과 연인 히가시의 죽음…. 작가 유미리는 서른아홉 해의 삶을 살면서 순탄치 못한 굴곡의 세월을 보냈습니다. "난 결코 내 삶의 여정을 '부끄러워해야 할 일'로 생각하지 않는다. 그때마다 나는 '선택'을 해왔다고 생각하며 그 길을 걸어왔다는 자부심을 갖고 있다."

평범한 사람이라면 감추고 싶었을 음울한 시간들을 살아온 유미리는 '쓴다는 것은 살아가는 것 자체'라고 말합니다. 그녀의 글들 속에서 우리는 자신의 어두운 삶을 온전히 공개하고 그것을 긍정하려는 뜨거운 삶의 투지를 엿보게 됩니다.

내 몸아, 그동안 고생 많았지?

휴가는 곧 휴식을 위한 시간을 말합니다. 평소 스트레스를 주던 온갖 것과 거리를 두는 귀중한 시간이지요. 독일의 유머가 생각납니다. 휴가를 끝낸 후 새까만 얼굴로 돌아온 한 직원이 상사에게 휴가 신청서를 제출하더랍니다.

"아니 무슨 휴가를 또 가겠다는 거야?"

"휴가 때 받은 스트레스를 풀어야 할 것 아닙니까."

교통 체증을 피해 새벽에 도망치듯 집을 나와 휴가지로 떠난 탓에 낮과 밤의 리듬이 완전히 깨졌을 것입니다. 더구나 6~8시간 땡볕에서 등껍질이 벗겨지도록 해수욕을 했으니… 오히려 몸은 휴가를 즐긴 게 아니라 스트레스를 받았겠지요.

진정한 휴식은 일과 일 사이의 징검다리 같은 공간이 아니라 자신을 객관적으로 되돌아볼 수 있는 시간입니다. 또 휴식은

여름

그동안 고생한 몸과 마음을 위로해주는 시간이기도 합니다.

제가 산에 자주 다니면서 확실하게 휴식하는 방법을 하나 알아냈는데 여러분도 함께 실천해보시렵니까? 우선 평소에 말을 너무 많이 했다 싶으면 귀만 열려 있다고 상상하며 조용히 숲속을 걸어보십시오. 뻐꾸기, 산비둘기 등 온갖 새소리, 시냇물 소리, 바람 소리가 들려올 것입니다. 자연 교향곡이지요.

또 눈이 컴퓨터에 너무 시달렸다 싶으면 자연의 색깔을 관찰해보십시오. 초록도 다 같은 초록이 아닌 것을, 잎사귀마다 햇빛의 방향에 따라 화가 모네도 흉내내기 어려운 색의 조화가 깃든 것을 체험하게 될 것입니다.

그러곤 맨발로 걸어보세요. 언젠가 돌아갈 나의 육신인 흙을 밟으며 나와 자연이 하나가 되는 순간입니다. 이때 중요한 것은 될수록 천천히 걸어야 한다는 것입니다. 평소에 남의 걸음에 맞춰 바삐 살던 사람일수록 '자기 걸음'을 찾아야 하니까요.

그러면서 두 손으로는 그동안 수고했던 육체의 곳곳을 어루만져줍니다. "주인 잘못 만나 그간 고생 많았지" 하면서 말이지요.

휴식의 방법은 사람마다 각자 다릅니다. 하지만 우리가 실제 건강한 휴식을 하고 있는지, 오히려 몸과 마음을 혹사시키고 있는 것은 아닌지, 한번 돌아볼 필요가 있습니다. (2001 . 08)

너의 일은 너 자신이 하라

"뜻하지 않은 수석을 차지하게 돼 기쁩니다. 이 영광을 고생하시는 부모님과 선생님께 드리겠습니다."

1991년도 서울대학교 입학시험에서 전체 수석을 차지한 한확韓確 군의 말입니다. 세차장에서 일하는 아버지, 마늘 까기 등 허드렛일을 하며 어려운 살림을 꾸려가는 어머니, 그리고 손위의 누나가 둘, 손아래 누이동생이 둘. 이런 가정에서 돋보인 한확 군의 존재는 많은 것을 말해주고 많은 것을 생각하게 합니다.

11년 동안 영국의 수상을 지낸 마거릿 대처 여사의 아버지는 조그마한 식료품 가게 주인이었고, 어머니는 바느질을 해가며 가계를 꾸렸습니다. 그녀의 할아버지는 제화製靴 직공이었고, 외할아버지는 기차 정거장에서 짐을 나르는 인부였다고 하지요.

🦗 여름

몇 해 전 TV 인터뷰에서 대처 수상은 자신의 사상 형성에 대해서 "나의 생각은 확고한 신념을 가지고 살다간 아버지한테서 배운 것"이라고 말한 적이 있습니다. 아버지가 되풀이하여 그녀에게 가르친 것은 D.I.Y. Do It Yourself 정신 - '너의 일은 너 자신이 하라' '남에게 기대지 말라' '남을 시기하지 말라' 는 철두철미한 자립정신이었습니다.

대처 수상은 영국 20세기 정치사에서 윈스턴 처칠에 버금가는 위대한 정치가라는 것이 정평입니다. 그녀는 고질적인 영국병英國病을 고쳐서 쇠퇴해가는 영국에 다시금 힘을 불어넣었지요. 그녀는 하루 네 시간밖에 자지 않으면서 방방곡곡을 찾아다니며 국민들에게 직접 호소했습니다. "정부가 도와주리라고 기대하지 말고 자기가 할 수 있는 일이거든 찾아서 합시다." "자기가 벌어들인 돈은 자기가 챙길 수 있도록 세금을 낮추겠습니다." "정직하게 노력하는 사람이 성공할 수 있는 자유인의 사회를 만들어가겠습니다." 이런 말, 이런 정치 자세, 이런 실천력이 바로 대처의 정치 스타일이었습니다.

한화 군과 같은 젊은이들이, 또 한화 군의 부모와 같은 이들의 가정이 성공할 수 있는 사회를 만들어가는 것이 대처 수상이 해낸 정치가 아니겠습니까. (1991 . 02)

'철의 여인' 마거릿 대처는 작년에 80세 생일을 맞았습니다. 뇌졸중으로 쓰러져 거동이 불편하고 이제는 그 화려한 언변도 찾아볼 수가 없습니다. 하지만 그녀가 남긴 유산은 여전히 영국의 정치, 경제, 사회 전 분야에 지대한 영향을 미치고 있습니다. 정직하게 노력하는 사람, 소신 있게 살아가는 사람들이 성공할 수 있는 사회를 만들 수 있는 정치 스타일. 지금 우리에게 절실하게 필요한 것입니다.

애틀랜타 올림픽 유감有感

애틀랜타 올림픽을 기억하십니까? 미국 남부의 수도인 애틀랜타시市의 문장紋章은 불사조, 1864년 북군의 공략으로 초토화되었던 비극을 딛고 다시 일어선 상징이라 하지요. 그러나 그 후에도 남부의 흑인들은 가혹한 길을 걸어왔습니다. 그로부터 100여 년이 지난 오늘날, 온 세계의 인류가 이곳 애틀랜타에서 '완전 참가' 올림픽을 개최하게 되었다는 것 – 여기에서 깊은 하늘의 뜻을 느낍니다.

이곳에서 태어났던 마틴 루터 킹 목사의 역사적인 연설 – '아이 해브 어 드림I have a dream!' 이 현실로 나타나기 시작한 축제였습니다. 온 인류가 공동의 꿈을 좇아가기 위해서 모인 것이지요.

'보다 빨리, 보다 높이, 보다 힘차게' 사람의 한계를 넘어서

한 걸음 한 걸음, 미지의 세계로 발자국은 옮겨가지요. 늠름한 근육의 역동力動, 우아한 곡선의 궤적이 담긴 온 인류의 드라마가 전개되면서 만끽하는 기쁨, 행복감을 무엇에 비할 수가 있겠습니까. 이번에도 기록들이 쏟아져 나왔습니다. 참가 선수들이 남긴 말들을 간추려봅니다.

- 가장 중요한 것은 오늘 저녁 역사를 만드는 것이다. 결코 쉬운 일이 아니다. '프레셔pressure'와 '스트레스'를 이겨내야 한다. (마이클 존슨, 200m / 400m 금메달리스트)

- 오늘의 금메달은 지금까지 내가 손에 쥐었던 어느 것보다도 기쁘다. 최고로 집중해서 해냈고 통증을 수반하면서 얻었기 때문이다. (칼 루이스, 멀리뛰기 금메달리스트)

- 이것으로 아랍 여성에게도 하면 된다는 것을 전할 수 있게 되었다. (가다 슈어)

- 메달의 색깔은 동銅이지만 난생 처음으로 나 자신을 칭찬하고 싶어요. (아리모리, 일본 여자 마라토너)

- 그때의 눈물은 정신적 중압에서 해방된 눈물이었어요. (폴란드 양궁 선수, 동메달리스트)

- 중압을 이겨내는 비결은? 즐기는 것이지요. (14세 미국 수영

선수, 100m 평영 금메달리스트)

○ 우리 흑인들도 국제 사회에서 자유롭게 뛸 수 있다는 사
실이 제일 기뻐요. 오늘의 기쁨을 '만델라 대통령'에게
바치고 싶어요. (투구와네, 마라톤 금메달리스트)

○ 나의 목적은 처음부터 끝까지 참가하는 데 있었다. (마라톤
에서 우승자보다 두 시간 뒤에야 골인한 아프가니스탄 선수)

(1996.09)

젊은이들의 첫째가는 책임

일전에 미국에서는 하버드나 스탠포드 등 유명 대학 55개교의 학생에게 고등학교 수준의 역사 기초문제를 물어보았다. 그런데 80%에 가까운 학생이 낙제점수를 받은 것으로 알려져 미국의 교육계는 온통 충격에 빠졌다는 소식이다. 이 결과에 놀란 미국 의회에서도 '초등학교에서부터 대학에 이르기까지 역사 교육에 힘을 기울이지 않으면 미국의 장래가 위태롭다'는 긴급 성명을 발표하였다.

학생들이 가장 많이 틀린 것은 '인민을 위한, 인민에 의한, 인민의 정부'라는 유명한 문구의 출전을 묻는 문제였다. 링컨 대통령의 '게티즈버그 연설'이라고 정답을 말한 경우는 22%에 불과했다고 한다. 미국 독립전쟁의 승부를 결정지었던 '요크타운의 전투'의 지휘관이 초대 대통령 '조지 워싱턴'이라고 대답한 사람은 세 사람 중 한 사람, 더구나 40%의 학생이 그 시기를 알지 못했고, 30%가 제2대 대통령의 이름을 대지 못했다. 대부분 미국 역사에서 출제되었지만, 세계 역사에 관한 질문도 있었다. 그런데 13세기 영국 '마그나 카르타〔大憲章〕'의 의미를 제대로 안 사람은 반수에 불과했고, 제2차 세계대전 때 독일과 동맹을 맺었던 두 나라를 묻는 질문에, 삼분의 일이 '일본과 이탈리아'라는 정답을 대지 못했다. 이와는 대조적으로 '랩 가수'나 '텔레비전 만화의 주인공' 이름은 98% 이상이 정답을 맞혔다고 한다.

우리나라 대학생들에게 다음과 같은 질문을 던지면 어떤 성적표가 나올까 궁금하다.

- 우리나라 초대 대통령의 이름은?
- 장면張勉 총리를 아는가?
- 3·1 독립선언문을 기초한 분의 이름은?
- 3·1 운동은 언제 일어났는가?
- 천안에 있는 독립기념관을 가보았는가?
- 6·25는 언제 어떻게 일어났는가? 그때의 미국 대통령의 이름은? 그때의 소련(러시아) 수령의 이름은?

◦ 다음 인물의 이름을 들어보았는가? 안중근, 안창호, 김구, 김규식, 조만식, 박헌영, 송진우, 여운형, 신익희, 조병옥.

정치가는 역사라는 심판대에 선 피고라고 하였다. 이완용이 걸어온 길을 아는 젊은이들은 과연 얼마나 될 것인가. 이완용은 처음 친미親美에서 친러親露, 친일親日로 변모하더니 끝내는 매국노가 되어버렸다. 지난 일을 바르게 아는 일 – 그것은 조국의 내일을 걸머질 청년 학도들의 첫째가는 책임이다. (2000 . 09)

어느 나라 사람이 가장 정직할까

미국의 월간지 〈리더스 다이제스트〉 2001년 7월호에 난 기사 하나를 소개한다.

"생각에 잠겨 길을 걷고 있는데 땅 위에 지갑이 떨어져 있다. 지갑을 집어 든다. 지갑 안에는 사진 몇 장과 신분을 알아볼 수 있는 카드가 한두 장 들어 있다. 꽤 두툼한 돈뭉치도 있다. 당신이라면 이럴 경우 어떻게 행동할 것인가? 〈리더스 다이제스트〉는 이 같은 상황에서 사람들이 어떤 행동을 하는지 알아보았다. 미국의 큰 도시와 중소 도시, 유럽, 아시아, 캐나다, 오스트레일리아, 뉴질랜드, 라틴 아메리카 여러 지역에서 유혹의 대상인 지갑을 사람들이 눈치채지 못하게 길목에 떨어뜨렸다. 1,100개 이상의 지갑을. 모든 지갑에는 미화 50달러에 상당하는 각국의 지폐와 지갑 주인의 이름과 전화번호를 넣어서 습득

자가 지갑을 돌려주는 데 불편함이 없도록 했다. 그 결과는 놀라웠다. 사람들이 집어간 지갑의 44%를 다시는 볼 수 없게 되었다."

결과는 나라마다 크게 달랐다고 한다. 정직正直 금메달은 노르웨이와 덴마크가, 은메달은 뉴질랜드·한국·일본이 차지했다. 그러나 아르헨티나와 이탈리아에서는 소지품을 조심해야 한다고 했다. 두 나라에서는 지갑을 잃어버리지 않도록 처음부터 조심하는 것이 상책이라는 것이다.

정직한 나라의 순서와 지갑 회수율은 다음과 같다. 노르웨이 100%, 한국·일본 70%, 미국 67%, 영국 65%, 프랑스 60%, 독일 45%, 러시아 43%, 이탈리아 35%, 중국 30%, 멕시코 21%.

이러한 조사가 인간 성격에 관해 밝혀낸 것은 무엇일까?

요즈음 우리나라에서 일어나고 있는 거짓말, 거짓말, 거짓말을 생각하면 우리나라 사람의 정직도가 세계인 중에서 은메달 감이라는 게 한편으로는 안심이 된다. 그러나 또 한편으로는 믿어야 할지 안 믿어야 할지…. '정직은 최고의 정책이다' 라는 것을 믿고 사는 일 외에 다른 방도는 없는 듯하다. [2002 . 03]

국제투명성기구의 2005년 10월 발표에 따르면 한국의 부패인식지수는 10점 만점에 5.0으로 전체 159개국 중 40위라고 합니다. 한국 경제 및 무역규모가 세계 11위임을 감안해 볼 때 아직은 상대적으로 순위가 낮다고 해야 할 것입니다. 한국행정학회에서는 우리나라의 국가청렴도 지수가 1점 상승하면 1인당 국민소득이 4,713달러가 상승한다는 연구결과를 발표하기도 했습니다. 개인과 조직의 청렴과 정직성이 국가경쟁력을 좌우한다는 것, 잊지 마시기 바랍니다.

존경할 수 있는 친구

1972년 가을, 미국의 닉슨 정권이 〈워싱턴 포스트〉에 극심한 압력을 가한 일이 있었다. 그때의 사주가 바로 2001년 7월 18일에 84세의 나이로 작고한 캐서린 그레이엄 여사이다. 고인의 장례식 – 그것만도 파격적이었다. 당대 갑부인 빌 게이츠가 안내를 맡았고, 클린턴 전 대통령 내외, 체니 부통령, 그린스펀 연방준비제도이사회FBR 의장 등 약 4천여 명의 조문객이 참석하였으며 세계적인 첼리스트 요요마가 연주하는 '바하의 무반주 조곡'으로 고인의 영면永眠을 기원했다는 보도였다.

조사弔辭를 한 키신저 전 국무장관은 〈워싱턴 포스트〉의 '워터게이트 사건' 보도가 당시 닉슨 정권을 넘어뜨린 원인이었음에도 불구하고 오랫동안의 개인적인 친교를 회상하며 "케이 고인의 애칭와 비록 견해는 달리했지만 친구가 될 수 있는 사람이었다. 그녀는 우정을 이용하여 자신의 신문을 이롭게 하는 사람은 아니었다"고 말해 워터게이트 사건 보도로 인한 갈등을 존경과 애정으로 극복시켰다. 워터게이트 보도를 담당했던 전 편집자는 "사회의 가장 어두운 부분에 빛을 비추도록 도와주는 사람이다. 그레이엄이야말로 그런 사주였다"고 말했다. 조지 부시 대통령은 취임한 후 제일 먼저 케이와 가까운 사람에게 그녀의 파티에 초대받도록 해달라고 요청했다. "아무리 대통령이라고 하더라도 그녀의 파티에 초대받지 못하면 진짜 인물이라고 할 수 없다"는 것이 FBR 전 의장 폴볼커의 말이다.

〈워싱턴 포스트〉의 진가는 곧 미국 저널리즘의 진가였고, 이는 두 개의 사건으로 실증되었다. 워터게이트 사건과 펜타곤 기밀문서 사건이었다. 결단의 순간은 시시각각 그레이엄에게 다가왔다. 그때의 심정을 그녀는 자서전에서 다음과 같이 말하고 있다. "공포와 긴장, 나는 크게 숨을 들이쉬고 말했다. 합시다, 싸웁시다, 공표합시다"라고. 워터게이트 사건 때는 한층 더 압력이 심했다. "기사를 내면 그레이엄의 유방을 비틀어버릴 것"이라고 당시 법무장관이 말했다. 하지만 그녀는 압력에 굴하지 않았고 결국 닉슨은 사직하게 되었다.

신문, 매스컴에는 두 가지의 철칙이 있다. 하나는 권력에 굴하지 않는 것이며, 다른 하나는 대중에 영합하지 않는 것이다.

(2001. 09)

〈워싱턴포스트〉 발행인으로 그리고 회장으로 재임한 27년 동안 "나는 단 한 번도, 단 한 건의 기사도 죽이라고 편집국에 주문한 적이 없다"고 그레이엄은 회고한 바 있습니다. 그녀는 겸손했고, 신문 권력을 행사하지 않기 위해 각별히 노력한 사람이었습니다. 30년간 그녀를 태우고 다녔던 운전사는 말했습니다. "회장님은 뒷좌석에 앉는 법이 없었어요. 언제나 내 옆에 앉아 조수 노릇을 해주었죠…."

🕊 여름

열다섯 살 소년 사업가

　카멜론 존슨은 농구를 좋아하는 열다섯 살의 보통 미국 소년이다. 그의 하루는 아침 6시 컴퓨터를 켜는 것으로 시작된다. "당신네 회사에 투자하고 싶소." 이날은 캘리포니아의 벤처 캐피탈로부터 투자 메일이 와 있었다. 잠시 후 8시에 등교하고, 9시 반 휴식시간에 뉴욕의 주가 동향을 살피고 나서 인터넷으로 보유주의 매매 지시를 보낸다. "투자 이율은 인터넷주 중심으로 300% 이상." 수업이 끝나는 오후 5시부터가 본격적인 비즈니스 타임. 전 세계에 메일을 보내 사업 계획을 세운다. 7시 반부터는 자습실에서 학교 숙제를 하고 밤 10시 반에는 학교 규칙에 따라 소등. 소년은 이 밤 시간이 늘 아쉽다.

　카멜론이 이 사업을 시작한 것은 아홉 살 때의 크리스마스, 어머니에게 선물받았던 PC로 인사장 모양의 디자인 인쇄업을 시작했다. 2년 후에는 봉제완구 통신 판매에 진출, 주 정부로부터 영업면허를 받고 성공한 사업가의 길에 들어선다. 1999년 2월에 이 사업을 정리하고 6월에 새로운 회사 '마이 이지 메일'을 설립, 설립 후 반년 만에 이 서비스에 가입한 사람이 세계 150개 나라, 1만 명을 돌파했다. 홈페이지의 광고 스페이스를 팔아 5만 달러의 이익을 챙겼다. 광고주로는 '델 컴퓨터'와 같은 유명한 회사가 붙었다. "저도 놀랐어요. 그렇게 큰 광고회사가 붙었으니… 아마 제 나이를 몰랐겠죠."

비즈니스는 경험이 중요한 것으로 알려져 있지만 15세의 소년 카멜론은 의젓한 CEO의 실력을 보여주고 있다. 새해에는 또 몇 개의 사업을 매수하여 종업원도 고용할 계획이다. "어른들이 제 밑에서 일하려고 할지는 모르겠어요. 학교 친구들도 저마다 같은 일을 시작하려고 한답니다. 하지만 저는 10년 앞을 바라보며 달리고 있어요."

국적도, 연령도, 성별도 묻지 않는 '인터넷 세계'에서는 어떤 라이벌이 나타날지 모른다. 모두가 앞으로 앞으로 달음질친다. 21세기 우리 한국인이 살아가기 위해서는 무엇이 필요할 것이며 사회는 어떻게 변해갈 것인가. 얼마 전 미국 여행에서 얻은 충격적 경험의 한 토막이다. (2000. 02)

놀이 문화

논다는 것, 놀고 있는 사람, 놀고먹는 사람, 놀이에 빠진 사람이라고 하면, 일하지 않는 게으름뱅이, 건달, 심지어 불량배라고까지 여겨 부도덕한 부류로 치부하는 경향이 없지 않다. 그래서 '놀이 문화'라는 것이 좀처럼 발전하지 않는지도 모른다.

프랑스의 대표적 지식인이라고 할 수 있는 로제 카이와는 그의 저서 〈놀이와 인간〉에서 '놀이란 어느 누구에게도 강제받지 않는 자유롭고 순수한 소비'라고 정의한 바 있다. 일상이나 규칙의 밖에서, 자기 자신의 룰rule을 정하고 자기만이 지배하는 시간과 공간을 갖는 것, 놀고 싶을 때 놀고 싶은 만큼 마음껏 노는 것, 그 결과에 구애받지 않고 또 아무런 물질적 이해도 바라지 않는 것이 놀이라는 것이다.

그러길래 어쩌면 놀이는 인간의 가장 사치스런 행동일지 모른다. 이런 사치가 개개인에게 어느 정도까지 허용되는지 일률적으로 말하기는 어렵겠지만, 오늘날처럼 복잡, 분주한 사회의 현대인들에게 심신의 기분 전환refresh이 반드시 필요한 것만은 사실이다.

최근 우리 사회에서도 등산, 낚시, 골프, 테니스, 드라이브, 조깅 또는 유원지나 동물원 찾기, 국내여행, 외식 등 나름대로 자기 시간을 갖는 이들이 늘고 있다. 하지만 영화나 음악, 그림 감상 등의 문화활동, 자원봉사 같은 사회활동을 하는 이들은 아직 그 수가 많이 부족한 편이다.

'레저산업'이라는 말까지 생겨난 요즈음이지만 생각해보면 아직까지 그저 '피곤을 푼다' '쉰다'는 단계에 머물러 있는 것 같다. 구미歐美의 젊은이들처럼 호기심의 만족, 자기 연마, 사회적 활동, 타인과의 만남 등 적극적인 놀이 문화를 창조하는 데까지는 이르지 못한 것이 아닌가 한다.

바야흐로 여름이다. 학생들은 방학을 맞이했고, 직장에서도 며칠간의 하계휴가가 있는 철이다. 우선 푹 쉬도록 하자. 그리고 즐겁게 놀 수 있는 프로그램을 만들어보자. 노는 동안 자신이 건강해지고, 놀이 문화 속에서 우리 사회가 보다 건강해질 것이다. 놀이도 문화의 한 요소이기 때문이다. (1991 . 07)

"어떤 의미에서는 놀이만큼 주의력과 지능, 신경의 지구력을 요하는 것도 없다. 잘 알려져 있는 바와 같이, 놀이는 인간을, 말하자면 열광 상태로 몰고 가는데, 이 열광 상태가 클라이맥스를 거쳐 용기나 인내력으로 기적과도 같이 극한에 도달하여 대성공을 거둔 뒤 무기력한 허탈 상태에 놓이게 한다. 여기서도 (여느 때와 같은) 초탈함은 찬양할 만하다. 주사위를 한 번 던지거나 카드를 한 번 펼쳐서 모든 것을 잃고서도 웃으면서 그 운명을 받아들이는 그 초탈함. _로제 카이와, 〈놀이와 인간〉 중에서

〈타임〉지가 선정한 인물

미국의 주간지 〈타임〉은 해마다 연말호에 '올해의 인물'을 싣는다. 2001년에는 9·11 테러 사건과 관련하여 줄리아니 뉴욕 시장이 선정되었다. 1930년에는 인도의 간디, 1938년에는 히틀러, 그리고 1940년에는 처칠, 1941년에는 루즈벨트, 1942년에는 스탈린…. 이렇게 그해의 인물이 이어진다. 근래에 와서는 인물 대신, '중류 계급'(1969년) '컴퓨터'(1981년) 등이 등장하기도 했다.

2002년에는 여성 세 사람이 '고발자들 The Whistle-blowers'이란 이름으로 선정되어 나란히 실렸다. 미국 연방수사국 FBI의 직원이었던 C. 로울리, 대기업의 회계 부정을 내부 고발한 S. 왓킨스와 C. 쿠퍼. 세 사람 모두 엄청난 중압 속에서도 굽히지 않고 각자 조직의 비리를 최고 책임자에게 고발·호소했던 것이다. 그들은 그동안 조직 간부들로부터는 냉대를 받았지만 훗날 매스컴을 통해 알려지면서 세인의 존경과 칭찬을 받게 되었다.

2001년부터 미국이란 나라가 어딘가 불안하게 느껴지고 흔들리기 시작한 것이 아닌가 걱정하는 사람들이 없지 않았다. 테러의 표적이 되었을 뿐만 아니라 온 세계에 자랑하던 미국의 큰 기업이 내부의 부정으로 하나 둘씩 자멸해가고 있기 때문이다.

그럼에도 불구하고 세 사람의 여주인공처럼 자기가 하던 일을 통해서, 또 자기의 눈과 손이 닿는 범위에서 부정과 부패를 용납하지 않고 고발하는 사람이 있다는 것, 그리고 이런 사람을 골라서 '올해의 인물'로 선정한다는 것을 볼 때면 미국이란 나라의 자정 기능이 건재함을 느끼게 된다.

'신념을 가진 인간 한 사람은, 사회 세력으로서 관심만 가진 사람 99명과 맞먹는다'는 선인의 말이 참신하게 되살아나지 않는가. (2003 . 02)

가을

가을에는 사랑하게 하소서 / 오직 한 사람을 택하게 하소서

_김현승의 시 '가을의 기도' 중에서

황주리, 〈어느 개인 날〉, 91×73cm, 캔버스에 아크릴, 2005

니체는 '가을'이란 시 속에서 이렇게 노래하고 있습니다.

"지금은 가을, 가을은 네 마음을 찢는다.

날아가라, 날아가라.

태양은 산을 향해 기어 올라가며 발걸음마다 쉬곤 한다.

아아, 세상은 이처럼 시들어 빠졌는가.

시달려 늘어진 줄 위에 바람은 노래를 켠다.

희망마저 달아났다.

바람은 그것을 애석해하며 탄식한다."

니체의 시처럼 가을은 기운을 잃은 태양이 산을 향해 기어 올라가고 세상은 마른 낙엽처럼 시들어 빠져 숲을 스쳐오는 바람소리도 줄이 늘어진 바이올린 소리와도 같이 공허합니다. 그러나 가을은 뜨거웠던 한여름의 열정마저 달아나버려 오히려 절망의 침묵 속에서 열매를 맺는 결실의 계절입니다. 1년 동안의 마지막 과실이 빨갛게 익을 수 있도록 필사적으로 남극의 햇살을 이틀만 더 베풀어주는 사랑의 계절이기도 합니다. 그래서 가을은 위대합니다.

최인호_ 소설가

나는 참으로 행복합니다

"나는 참으로 행복합니다. 여러분도 행복하세요."

이는 요한 바오로 2세가 마지막으로 남긴 음성이었다.

몇 해 전 퇴위의 가능성을 묻는 이에게 교황은 "그리스도는 십자가에서 내려왔던가요?"라고 반문하였다.

1981년, 그는 바티칸 광장에서 터키 청년의 저격을 받아 중상을 입은 적이 있었다. 위기일발의 순간에 생명을 건진 교황은 후일 형무소를 찾아가 범인에게 자신이 갖고 있었던 로사리오(默珠)를 손수 건네면서 죄를 용서하였다.

2차 대전 중 영국의 처칠 수상이 소련의 스탈린에게 로마 교황이 갖는 영향력을 말했을 때, 스탈린은 냉정하게 반문했다. "그래, 교황은 사단(師團)을 몇 개 가지고 있단 말이요?" 스탈린이 만들어낸 공산 독재정권은 막강한 군사력을 가지고도 끝내

🌿 가을

는 세계지도에서 사라졌지만, 단 한 명의 군인도 없는 교황은 여전히 세계 11억의 교인을 거느리고 있는 것이다.

그는 주변 강대국 사이에서 오랜 세월 망국과 핍박의 참혹한 역사를 이어왔던 폴란드에서 혜성처럼 등장하였고 이후 유럽 '동서의 벽'을 무너뜨리는 데 공헌하였다. 요한 바오로 2세는 테러의 후유증, 파킨슨병 등의 고뇌 속에서 '무덤과 같은' 생활 을 했지만 결코 굴하지 않고 죽는 날까지 십자가에서 내려오지 않았다. 몸이 떨려도, 걷지 못해도, 말이 나오지 않아도, 사명 감을 가지고 살다간 그 모습을 보면서 감동하지 않은 이가 있을 까. 교황은 세계인에게 간결한 메시지를 끊임없이 내보냈다.

"소중한 것은 믿음이며, 소중한 것은 진실이며, 소중한 것은 자유입니다. 부정은 용서할 수가 없는 것입니다."

부활한 그리스도의 영광된 모습에 합장하는 그리스도교인도 많으나, 요한 바오로 2세는 십자가 위에서 고뇌하는 예수의 모 습을 귀하게 여겼다고 한다. 육체의 고통, 그 시련이 곧 신앙의 핵核이 되었을 것이며, 이는 곧 모든 크리스천의 삶의 모델이 아닐까.

그분의 마지막 말씀 – "나는 행복합니다. 여러분도 행복하세 요" – 그 참뜻을 새기면서 합장한다. (2005 . 05)

괴테와의 대화

　괴테Goethe가 그의 제자 에커만과 나눈 대화 속에 이런 말이 있다.

　"최고를 보면 절로 사물을 보는 눈이 생긴다. 중급 정도의 것을 아무리 많이 보아도 사물을 보는 눈은 달라지지 않는다." 최고 정상의 작품이나 인물을 대하면 그 밖의 것은 절로 대수롭지 않게 보인다는 뜻이기도 하다. 또 괴테는 "어차피 정열을 쏟을 바에는 중간치보다는 최고를 향해 최선을 쏟아부어라"고도 했다.

　문학, 음악, 미술 등 분야가 무엇이 되었든 정상의 작품, 정상의 인물과 접하라는 것이다. 일상생활 속에서 사람들은 누구나 취미를 갖기를 원한다. 그 취미란 것도 될수록 처음부터 중급품이 아니라 가장 우수한 인물, 우수한 작품을 본받으라는 것이다. 자신만의 취미를 착실하게 다져나가면 사물에 대해 판정할 수 있는 잣대를 가질 수가 있고 지나치거나 모자라지 않는 정당한 평가 능력을 갖추게 된다고도 했다. 최고의 인물, 최고의 작품을 대하면 자연히 비평안批評眼이 몸에 밴다는 것이다.

다음 괴테와의 대화 속에서 중심 테마가 되는 것은 독창성에 관한 것이다. 2백여 년 전, 괴테가 살던 때에도 독창성, 오리지널리티가 문제 되는 일이 적지 않았다. 그러나 괴테는 "선인들의 영향 없이 만들어지는 것은 하나도 없다. 위대한 선구자의 작품을 확실히 모방하여 계승하려는 의식을 가지는 것이 정통正統"이라고 했다.

독창의 환상에 사로잡혀 있기 때문에 현근대 사람들은 선인들의 성과를 연구하지 않으려는 버릇이 생긴다고 타이른다. 그래서 괴테는 "독창성이란 아무 의미도 없다"고도 했다. 세상에서 가장 많은 양을 공부한 사람이 독창적인 일을 해낼 수 있다는 것이다. "사람은 태어났을 때부터 줄곧 자기 이외의 세계에서 영향을 받고 있다. 그러므로 독창성이라는 일종의 환상은 버리라"고 했다.

괴테의 말은 현대인에게도 참신한 설득력을 지닌다. (2005 . 11)

85

젊은이가, 다른 사람들이 이미 인정했던 진리를 인정함으로써 자신의 독창성
을 잃어버린다고 단순하게 생각한다면 그것은 가장 어리석은 오류이다.

_괴테

베타 엔돌핀

　요즈음 세상 만사가 뒤죽박죽입니다. 정치, 경제, 사회, 문화의 각 방면에서 제대로 되어가는 것보다 엉뚱한 일, 상상도 못할 타락, 범죄, 사고들이 많아 울적한 심정을 가진 이가 늘어나는 것 같습니다. 이럴 때 사람마다 생리적으로 이른바 스트레스가 쌓이게 되지요. 스트레스란 쉽게 말해서 '정신적 긴장' 입니다.

　사람은 남으로부터 듣기 싫은 말을 듣거나 보기 역겨운 것을 보게 되면 뇌 속에 독성이 있는 아드레날린이 분비된답니다. 반대로 좋은 것을 보고 좋은 말을 듣게 되면 모르핀이 나오다지요. 뇌 속의 모르핀은 수십 종류가 있다지만, 특히 강한 '베타 엔돌핀' 이 분비되면 기분도 좋아지고 노화도 방지되고 자연 치유력도 높아진다고 하지요. 이런 생리 작용은 하느님이 사람들에게 준 큰 은혜이며 선물이라고 합니다.

베타 엔돌핀을 분비시키기 위해서는 어떻게 해야 할 것인가? 사계斯界의 권위자들의 말을 추려봅니다.

이상을 말하면, 자기가 하고 싶은 일만 하는 것. 기왕에 해야 할 일이라면 전향적으로 열심히 할 것. 이를테면 회사에서 퇴근하려고 하는데 상사로부터 '남아서 좀 더 일할 것'을 권유받았을 때, 하기 싫은 감정이 생기면 스트레스가 되지만 '상사가 나를 믿고 있다'고 생각하면 오히려 기분이 좋고 엔돌핀이 분비되어 신바람이 생기지요.

불행한 일 – 이를테면 육친의 죽음을 당하면 울음을 터뜨리게 되지요. 울고 나서 자기 내면으로 눈을 돌리면 삶이 있는 자에게는 반드시 죽음이 있다는 데 생각이 미치게 될 테지요. 죽음은 피할 수 없는 것임을 깨닫게 되고 아버지가 돌아가셨다면 남아 있는 어머니에게 효도해야겠다는 생각 – 즉 긍정적인 사고를 하게 되지요.

법정 스님의 〈새들이 떠나간 숲은 적막하다〉란 책이 있습니다. 어지럽고 답답한 세상에서 법정 스님은 독자들에게 새로운 가치관을 전달하고 있습니다. 스님께서는 사람들에게 마음의 문을 열어서 마음 깊숙한 곳에서 들려오는 작은 속삭임에 귀를 기울이라고 하지요. 불교에서 말하는 명상, 자기가 가지고 있는 마음의 힘을 믿는 것, 바로 이것이 스님이 독자들에게 전하려는 메시지가 아닐는지요. 그리고 바로 그것이 베타 엔돌핀의 원천이 아니겠는지요. [1996 . 08]

사람이 무엇 때문에 사는지, 무엇을 위해 살아야 할 것인지, 그리고 순간순간을 어떻게 살아야 할 것인지는 저마다 자신이 선택해야 할 삶의 과제다. 우리가 명심해야 할 것은, 우리들 각자가 이 세상에서 단 하나밖에 없는 독창적인 존재라는 사실이다. 단 하나뿐인 존재이기 때문에 어떤 상황에 놓여 있을지라도 자기 자신답게 사는 일이 긴요하다.

_ 법정 스님의 〈새들이 떠나간 숲은 적막하다〉 중에서

위험한 특권

위장의 작용이 나빠지면 기분도 나빠진다는 것은 누구나 알고 있다. 마찬가지로 기분이 나빠지면 위장의 작용이 나빠진다는 것도 상식이다. 병환을 겁내는 사람은 실제로 쉬이 병환에 걸리기 쉽다. 불안은 신체의 정상적인 기능을 방해하며, 올바른 기능을 하지 않는 신체는 질병에 대해 무방비하다.

불순한 생각은 설사 행동에 나타나지 않더라도 신경계통을 엉망으로 만든다. 한편 행복한 생각은 활력에 찬 아름다운 몸을 만든다. 사람의 몸은 섬세하여 극히 우연한 일에 대해서도 민감하게 반응하도록 되어 있다.

사람은 일생을 살아가면서 온갖 장애를 견뎌야 하지만 특히 자신의 심기를 어떻게 잘 다스려야 하는가가 문제 될 때가 많다. 하는 일이 뜻대로 되지 않아 화가 치밀고 기분이 헝클어질 때, 믿었던 사람에게 배신당했을 때, 그럴 때 이를 어떻게 극복해야 할 것인가 – 누구나가 공감하는 인생의 큰 테마이다.

그런데 철학자 알랭Alain은 이와 같은 슬픔이나 불유쾌한 기분은 그 모두가 육체적인 원인에서 생긴다고 바라보았다. 사람들은 화가 나면 그 나름의 이유가 있을 것이라고만 생각한다. 하지만 알랭 박사는 그렇게 화가 나는 데는 그 사람이 배가 고픈 데에 원인이 있거나, 또는 평소에 그의 건강이 좋지 않은 탓일지도 모른다고 생각했다.

알랭 박사는 셰익스피어의 〈오셀로Othello〉를 이렇게 해석한다. 전쟁터에서 막 돌아왔을 때 오셀로는 피로에 지칠 대로 지쳐 생리적인 한계점에 있었다. 바로 그때 더없이 사랑했던 아내 데스데모나의 불의不義의 소식을 듣고 아내를 목 졸라 죽이게 된다. 이아고의 음모가 폭로되었지만 이미 때가 늦어, 고뇌 속에서 오셀로는 단검으로 자살하고 만다. 이 대목에서 철학자 알랭은 말한다.

"극도로 피로했던 오셀로를 잠시라도 눈 감고 쉴 수 있게 하였던들 그런 비극은 일어나지 않았을 것을…."

사람이란 알랭의 말처럼 자기만의 생각으로 자신을 해치는 '위험한 특권을 가진 동물'인가 보다. (2004 . 07)

'인연'의 아사코를 찾았다

　　금아琴兒 피천득皮千得의 수필 '인연'을 읽은 사람들은 언제나 궁금증을 갖게 된다. '지금, 금아의 춘추 92세이니 열 살 연하였던 아사코도 80줄에 들어섰을 텐데 그 아사코는 지금 어디에서 무엇을 하며 살고 있을까. 아사코도 금아와의 인연을 고이 간직하여 못 잊어하고 있을까. 두 분 사이에는 처음부터 무슨 일이 있었을까.' 두 분 사이의 인연이 얼마나 소중한 것이기에 '인연'을 읽는 사람이 갈수록 늘어나고 있는 것일까. 신문마다 방송마다 '인연' 특집이 한창이니….

　　KBS는 기어코 아사코를 찾아내고야 말았다. 일본 도쿄의 아사코가 다니던 소·중학교, 성심여자대학 등을 찾아가고, 지금 그녀가 이민해 살고 있다는 미국의 샌프란시스코까지 찾아갔다. 또 대학 졸업 당시의 사진도 찾아냈다. "사진 속의 아사코는 목련처럼 청순하고 백합처럼 순결한 얼굴이었다"고 기자는 자기 일처럼 어쩔 줄 몰랐다.

"아! 살아 있었군요. 살아 있다는 소식만으로도 기쁨을 줍니다."

"만나고 싶지 않습니까?"

"아니오, 젊은 시절의 아련한 감정은 그때의 감정 그대로 남겨두는 것이 좋겠지요. 다시 만나지 않겠다는 마음에는 변함이 없지만 60년이 넘어서 젊은 날의 아사코를 보니 반갑기 그지 없군요."

세상에는 사랑을, 그것도 첫사랑을 읊은 문학 작품이 많다. 나폴레옹은 괴테의 〈젊은 베르테르의 슬픔〉을 전쟁터를 다니면서 아홉 번이나 읽었다고 고백하였다. 최고의 예술 작품은 우리에게 말을 건네온다. 작품 속 인물에게서 자기 모습을 발견하기도 한다. 그리하여 보다 깊은 자신의 내면 세계를 이해하게도 된다. 괴테는 "영원한 여성이 우리를 높은 곳으로 이끌어준다"는 말로 〈파우스트〉의 끝을 맺고 있다.

젊은 남녀 독자들이여! 영원한 배필을 찾아 젊음을 불사르시라. 온 정신을 다하여 사랑하는 체험은 좀처럼 갖기 어려운 인연이리니…. (2002 . 10)

지혜의 열쇠 두 개

"지혜롭게 살아가기 위해 세상 사람들이 알아두어야 할 것은 무엇인가." 나폴레옹은 그것을 '기하학 Geometry'과 '라틴어 Latin'라고 했습니다. 기하학과 라틴어! 둘 다 일상생활과는 거리가 먼 학문이지요. 그러나 이것은 어디까지나 비유일 것입니다. '기하학'이 수학적인 정신, 논리를 존중하는 정신이라면, '라틴어'가 의미하는 것은 문학 그리고 좀 더 확대 해석하면 회화, 음악을 비롯한 예술 전반일 테지요.

무슨 책을 읽고 어떤 공부를 할 것인가를 생각할 때, 나폴레옹이 남긴 이 말을 음미해 보시기 바랍니다. 자연과학을 통해 합리적인 사고와 추론의 습관을 키워야 할 것이고, 인문과학을 통해 순도 높은 감성과 정서를 함양해야 할 테지요. 이에 더해 훈훈한 마음, 넉넉한 씀씀이 그리고 위대한 것, 아름다운 것에 대한 존경과 동경을 가져야 할 테지요. 이처럼 두 가지의 교양을 터득하는 것이 성숙한 사람으로서의 됨됨이일 것이고, 나폴레옹이 말한 '세상 사람들이 알아두어야 할 두 마디'의 참뜻이 겠지요.

독서는 습관이라 했습니다. 습관이 되기 위해서는 어느 정도 강제가 필요할 테지요. 밖으로부터의 강제보다는 자기 자신에게 스스로 가하는 강제, 즉 자율과 의지가 중요하지요. 어느 초 · 중 · 고교에서 실행하고 있다는 '아침 10분간의 독서 운동'은 독서 습관을 키워가는 데 크게 도움이 될 것입니다. 자기 나름의 독서 습관을 키워가는 방법도 여러 모로 생각해야 할 것입니다. 고전 1백 권을 골라 1년, 2년, 몇 해에 걸쳐서라도 내 인생 동안에 이 책만큼은 꼭 읽고 죽으리라 다짐 또 다짐하는 것도 권해볼 만합니다. 지식을 공유하는 '지적 모임'이 우리 사회에서도 속속 생겨날 때가 되지 않았을까요.

읽는 재미, 쓰는 기쁨, 생각하는 즐거움을 전해가는 것이 우리의 미래를 확실한 것으로 만들어가는 길이 아닐는지요. 책 속에서 재미와 기쁨을 찾고 나 스스로의 내면을 들여다보는 깊은 사색의 기회를 가지시기 바랍니다. (2005 . 12)

감성예찬 感性禮讚

샘터에서 선정한 '올해의 인간승리상'은 조한용 님의 '인생 퇴학'이었습니다. 바로 1996년 〈샘터〉 5월호에 실려 있지요.

"잡아 빼야 되겠어요! 애 어미까지 죽어요!"

"그러문 둘 다 죽어! 아이구 어쩌지. 삼신할머니 살려주소 서. 삼신할머니…."

결국 발부터 거꾸로 이 세상에 나온 조한용 님은 반신불수, 뇌성마비 환자가 되고 맙니다. 이렇게 태어난 그였지만 '인생 퇴학'이란 자전적 작품을 쓰기까지엔 그를 끊임없이 지탱해준 힘이 있었습니다.

그 힘! 사람에겐 그런 힘이 있습니다. 그 힘을 가장 높은 곳 까지 끌어올리는 것은 이성이 아니라 감성이라 했습니다. 정신 은 지성보다 고뇌와 소망에 의해서 고양되지요. 충족에의 갈망, 생명의 위기 혹은 필사적인 초극을 염원하는 정신 − 이러한 인간으로서의 존재감 − 이것이 바로 사람이 태어날 때부터 갖고 나온 힘이 아니겠습니까.

점점 사람들에게 그런 힘이 약해지거나 없어져가는 것은 아닐는지요. 정보의 범람은 상상력의 파멸을 가져오고, 문화의 혈액이라고 할 수 있는 인간의 감성이나 관능까지도 모두 닳아 무디어지게 해서 인생이 주는 감동의 기회를 상쇄시키지요. 사회사상社會事象에 매몰되어 아름다운 꽃을 보아도 아름다움을 못 느끼고 불의를 보면서도 피가 끓지 않는다면, 그것은 틀림없는 인간 쇠퇴의 징후가 아니겠습니까.

프랑스의 유명한 시인 폴 발레리는 "인간의 이성은 감성이라는 굵은 줄기〔幹〕에서 나온 하나의 가지〔枝〕에 불과하다"고 했습니다. 또 생텍쥐페리는 "사람을 올바로 볼 수 있는 것은 눈이 아니라 마음"이라고 했지요. 신神과의 만남도 이성 − 머리가 아니라 감성, 즉 가슴이지요. 지능지수I.Q가 높은 사람도 필요하지만 그보다 더 소중한 것은 감성지수E.Q라고 할 수 있습니다. 우리에게는 끊임없이 노력하는 강한 의지와 육체 조직, 그리고 인간승리상 수상자인 조한용 님과 같은 영웅적인 감성 − 정신의 순화가 필요한 것입니다. 〔1996 . 06〕

심플 라이프 Simple Life

옛날옛날 중국의 요堯 임금님이 자기의 정치가 잘 되어가고 있는지를 알기 위해 남 몰래 나들이를 나갔습니다. 그런데 한 늙은이가 껑충껑충 뛰면서 이런 노래를 부르고 있었죠.

"해 뜨자 일하고, 해 지자 잠자리에 든다. 우물을 파서 물을 마시고 밭을 갈아 먹을 것을 마련한다. 제왕帝王의 힘인들 대체 나와 무슨 상관이 있으랴."

임금은 이 노래를 듣고 지극히 만족했다고 하지요. 옛부터 '격양가擊壤歌'라 하는 이 노래에는 정치를 초월하여 태평성대를 구가하는 기분이 넘쳐흐릅니다.

영국의 계관桂冠 시인 예이츠도 이런 시를 읊었죠.

"이제 허리를 들어 돌아가야지…. 흙과 나뭇가지로 집을 짓고, 한 모퉁이에 콩을 심고, 꿀벌통을 놓아두어 조용히 살아가

🌱 가을

야지. 벌이 나는 소리를 들으면서…. 그렇다, 이번에는 꼭 돌아가야지. 호반에 밀려오고 밀려가는 잔잔한 물소리가 귀에 쟁쟁하도다."

8월 한가윗날 여러분들께서는 어떻게 지내시는지요?

'달아 달아 밝은 달아 / 이태백이 놀던 달아 / 저기저기 저 달 속에 / 계수나무 박혔으니 / 은도끼로 찍어내어 / 금도끼로 다듬어서 / 초가삼간 집을 짓고 / 양친부모 모셔다가 / 천년만년 살고지고 / 천년만년 살고지고.'

우리 겨레의 가슴속 깊은 곳에 자리 잡고 있는 심플 라이프의 아름다움, 그 높은 가치, 그 진수가 여기 담겨 있는 것은 아닐는지요. [1991 . 10]

그림과 대화하기

　내가 그림이라고 그려본 것은 초등학교 때 그린 크레파스화, 고작해야 수채화 정도뿐이다. 유화는 엄두도 내지 못하였다. 그러면서도 유화, 수묵화, 조소 등 전시회가 있으면 즐겨 찾는 편이다. 어쩌다 외국 여행이라도 할 때면 그곳 박물관이나 화랑 등을 애써 찾아가곤 한다.

　그림은 소리를 내지 않지만 화면을 주의 깊게 보고 있노라면 여러 가지 음향이 들려온다. 밀레의 〈만종晚鐘〉을 보고 있으면, 저녁 종소리가 조용히 대지를 건너서 신에게 감사기도를 올리고 있는 부부에게 들려오는 것을 느낄 수가 있다. 편안함과 친근함, 경건함이 전해진다.

　샘터 사옥 나의 방에는 엘 그레코의 그림 〈참회〉가 걸려 있다. 천국에 들어가는 열쇠를 가지고 두 손 모아 (신을) 응시하

🌿 가을

고 있는 베드로의 모습이다. 나는 매일 그 베드로의 참회의 눈을 마주보곤 한다. 〈샘터〉 창간호 1970년 4월호의 표지 그림은 반 고흐의 〈해바라기〉였다. 온몸을 불태우면서 창조적 표현에 정열을 쏟은 고흐처럼 샘터 일에 미치고 싶은 충동에서였다.

화가들이 선택하는 오브제는 다종다양하다. 모네의 〈수련〉을 기억하는 사람은 많을 것이다. 인상파, 인상주의를 대표하는 모네는 하루하루 다양한 시간대에서, 시시각각으로 변하는 빛과 그림자 속에서, 그의 색채와 형상으로, 그의 눈과 손으로, 그의 화필과 팔레트로 그만의 세계를 창조해낸 것이리라.

르누아르는 "내가 좋아하는 그림은, 풍경이라면 그 속을 산책하고 싶어지는 그림이며, 나체라면 그녀의 가슴이나 허리를 애무하고 싶어지는 그림이다"라고 하였다. 그뿐 아니라 "만약 여인의 유방과 엉덩이가 그처럼 예쁘지 않았더라면 나는 그림 그릴 생각을 애당초 하지 않았을 것이다"라고까지 말했다.

전원을 담은 소박한 작품을 통해서 향수를 느끼기도 하고, 전쟁과 평화라는 무거운 테마를 다룬 대작을 대하면서 인간의 원죄를 생각하기도 한다. 회화의 공간은 한정되어 있지만 무한한 넓이와 깊이를 느끼게 한다. 감히 통일된 우주라고 할 것이다. 그러길래 그림에 감동하여 소리내어 울었던 철학자도 있지 않았던가.

　바쁘신 일과 가운데서라도 애써 시간을 내어 화랑을 찾아, 박물관을 찾아, 좋은 작품과 대화할 기회를 가지소서. (1999 . 07)

가족 안에서 살며 사랑하며

　최인호 씨! 진실로 고맙습니다.

　당신은 300회 연작소설 '가족'을 〈샘터〉에 연재하면서 헤아릴 수 없이 많은 독자들에게 '샘터가족'이라는 의식을 심어주었습니다. 이렇게 이어진 샘터가족은 곧 최인호 씨의 가족이 되기도 했지요. 볼테르Voltaire는 '대중은 글로 쓰지 않는 비평가'라고 했습니다만, 샘터가족은 사반세기 동안 당신의 연작소설 '가족'을 읽으면서, 달마다 새 가족을 만나는 심정을 느껴왔을 것입니다.

　최인호 문학의 에센스는 바로 '가족'이라고 말한다면, 외람된 것일까요?

　저는 평소에 사람은 사람에 대해서 한없는 흥미를 가지고 있다고 생각해왔습니다. 문학도 인간의 존재 그 자체를 다루는 것이 아닐는지요. 인간을 둘러싸고 있는 모든 것, 아름다움, 참된 것 또는 선한 것, 악한 것 – 있는 그대로의 인생, 작가의 삶, 그것을 둘러싼 모든 것을 기록하는 것이 문학이라고 생각합니다. 그러므로 오늘날 우리는 '문명의 충돌'을 말하고 민족, 종교 간의 갈등을 염려하지만, 문명국의 가장 유익한 대화는 문학을 통해서 이루어질 것이라고 확신하기도 합니다.

최인호 씨, 아무쪼록 하늘이 주신 그 소중한 자질을 통해서, 온 동포를 하나의 가족으로 엮어주시는 데 앞서 주셨으면 합니다.

제 아내는 2000년 9월호 〈샘터〉에 '가족' 300회 기념 특집으로 당신이 쓴 '어디서 무엇이 되어 다시 만나랴'를 읽었나 봅니다. 가족 중에서 부모보다도 형제보다도 자녀보다도 부인을 가장 사랑한다는 그 대목에서 새삼스럽게 제 아내는 저의 얼굴을 쳐다보는 것이었습니다. 저로서는 아내보다도 자식보다도, 제일 사랑하는 것은 손자 손녀일 것 같은데…. 글쎄요, 죽을 때가 되면 아내의 소중함을 알겠지요.

'가족'의 소중함과 의미를 다시 한 번 일깨워주신 최인호 씨. 샘터가족을 대표해서 감사의 인사를 드립니다. 부디 건필하소서! [2000 . 10]

연작소설 '가족'의 〈샘터〉 연재가 2006년 7월로 370회가 되었습니다. 30년이 넘게 연재해온 국내 최장수 연작소설입니다. 갓난아기일 때부터 주인공으로 등장했던 도단이는 어느덧 결혼을 해서 한 가정의 가장이 되었고요. 최인호 씨는 자신이 죽을 때까지 '가족' 연재를 계속할 거라고 하니, 앞으로의 '가족' 이야기가 더욱 기대됩니다.

샘터가족은 하루에 한 쪽 이상 책을 읽습니다

샘터사에 찾아오는 분은 묻습니다. "이 많은 책을 다 읽으셨나요?" 저는 대답합니다. "이 가운데 자료로 모은 것도 있지만 대부분 읽고 싶어서 사들인 것입니다. 샅샅이 다 읽지는 못했어도 목차 정도는 읽었지요. 그리고 되도록 저자가 쓴 머리말이나 옮긴 사람이 쓴 뒷말은 읽곤 했습니다. 시간이 허락하면 다 읽고 싶습니다."

우리나라의 책방들이 한산하다 못해 하나 둘 없어지고 있습니다. 고서적상古書籍商은 종로에 가도 찾기 어렵습니다. 뜻있는 사람의 가슴을 앓게 하는 일이지요. 탐정·엽기 소설을 좋아하던 젊은 시절에 고서적상에 가면 그런 소설책들을 값싸게 구할 수 있었지요. 본래 그곳은 희귀한 책, 고전 등을 간수하던 곳이지만 값진 책을 저당하여 돈을 빌려주기도 하였습니다.

🌱 가을

외국에 가면 웬만한 젊은이는 모두 다 뒷주머니에 페이퍼백을 넣고 다닙니다. 공원에서, 전차 안에서, 바닷가 모래사장에서 젊은 남녀가 책 읽는 모습은 흔히 볼 수 있는 일입니다.

　독서는 동서고금의 위대한 사람들과 벗할 수 있는 다시없는 기회지요. 위인의 전기를 읽어가면 바로 그 주인공의 인격의 깊은 곳까지 잠입할 수 있지요. 그때의 독특한 행복감이란 어찌 표현하겠습니까? 시, 철학, 역사, 문예, 평론, 수필, 과학, 수학 등 모든 분야의 책을 사람마다 다 마련하기는 어렵겠지만 이 좋은 계절 가을에 주말 하루라도 큰마음 먹고 도서관이나 책방을 찾는 것은 어떨까요. 정신적 영양 공급을 위해 좋은 방법이 될 것입니다.

　하루 한 쪽을 읽어가노라면 한 권을 훌쩍 읽을 수 있으니 샘터가족 여러분, 〈샘터〉와의 약속을 잊지 마세요, 네! (2001 . 10)

당신은 하루 한 쪽 이상의 책을 읽으시겠지요?
그동안 당신이 영향을 받은 책의 제목을 적어 보시겠습니까?

문수文殊의 지혜

가위, 바위, 보는 승부를 다투는 놀이이다. 어느 나라에서 언제부터 시작한 놀이인지는 몰라도 동서양을 막론하고 오래 전부터 널리 퍼져 있는 놀이이다. 손바닥을 거머쥔 것을 바위, 손바닥을 쫙 펼친 것을 보, 집게손가락과 엄지 또는 중지를 내놓는 것을 가위라 한다. 가위는 보에, 보는 바위에, 바위는 가위에 이긴다.

'세 사람이 모이면 문수文殊의 지혜'라는 불교의 말이 있다. 최고의 지혜를 말한다. 3이란 숫자는 인간 사회의 최소 단위이다. 서로 절차탁마切磋琢磨할 수가 있다. 그래서인지 우리나라 사람은 유별나게 3자를 좋아하는 경향이 있다. 그런데 이즈음 우리 한국은 가위와 바위만 있는 사회가 되었다.

해방 후에 건국 단계부터 좌左와 우右만 있었지 중간은 없었다. 있어도 맥을 추지 못했다. 기아선상에서 일어난 경제개발을 시작할 때도 이분법만이 통용되었다. 이분법이란 다양한 가치관을 모두 단순화하여 정正과 부否만을 묻는 방법이다. 이분법은 정치 분야에서 가장 심했다. 특히 전체주의, 공산주의 체제에서는 내 편 아니면 원수였다. 소련을 조국이라 했던 북녘의 공산당 치하에서는 민족주의자들을 모두 보수·반동으로 몰아 숙청했고, 한국의 간디라 했던 민족지도자 조만식曺晩植 선생도 예외는 아니었다.

한 나라 안에서 좌우로 갈려 동족상잔同族相殘한 최초의 나라는 1930년대의 스페인이다. 프랑코 정권과 이에 대항한 좌익·공산주의자들, 인민전선과의 싸움으로 전사자가 150만이 넘었다. 프랑코 대통령은 전쟁이 끝난 뒤 내전에서 죽은 자들의 뼈를 좌우 가릴 것 없이 한곳에 모아 묻고 그 위에 150m의 위령탑을 세워 화해의 상징으로 삼았다.

지금 우리나라는 만사가 어려움에 처해 있다. 이 어려움을 풀어가는 지혜, 그것은 가위로 싹둑싹둑 잘라버리거나 바위로 때리려고만 하는 이분법이 아니라 큰 보자기에 모두 담는 '가위, 바위, 보'의 문수의 지혜가 아닐까. (2001. 05)

요즈음의 세상사

- 자기 자신의 내면세계만큼 평화롭고 한적한 곳은 없다.
- 장수한 사람이란 오랜 세월을 산 사람이 아니라 많은 경험을 한 사람이다. 역사를 안다는 것은 무엇인가. 결국 개인이 만능이 아님을 아는 것이다.
- 역사는 사체 해부이지 생체 해부가 아니다.
- 사나운 말을 탄 사람이 말에서 떨어지지 않으려면 뛰어난 평형감각이 필요하다.
- 정치의 윤리적 고향은 어딘가. 정치가에게 중요한 것은 장래와 장래에 대한 책임이다.
- 최고의 도덕은 남을 위해 희생하는 것이다.
- 도덕만을 존중하여 현실을 보지 않으려는 사람은 폭군이 되기 쉽다.

가을

○ 빈곤 그 자체에는 가치가 없다. 그러나 빈곤을 체험함으로써 생활에의 감사가 절로 생긴다.

○ 어부는 배를 선택하기 전에 선장을 선택한다.

○ 저널리즘의 사명은 열熱을 가하는 것이 아니라 빛〔光〕을 밝히는 것이다.

○ 저널리즘이 해서는 안 되는 두 가지, 그것은 권력에 아부하는 것, 대중에 영합하는 것이다.

○ 색色이 너무 강하면 눈이 나빠지고 소리〔音〕가 크면 귀가 나빠지고, 맛〔味〕에 치우치면 혀의 감각이 상한다.

○ 돈을 모아, 이를 지키려거든 덕을 쌓아라.

○ 현재에 대한 불만은 과거에의 향수를 불러일으킨다.

○ 희망의 미래는 어디에 있는 것이 아니다. 희망을 만들러 찾아가야 한다.

○ 애정 없이 사물을 보는 것은 암흑 속을 보는 것과 같다.

○ 수액樹液이 봄의 자극을 받는 것처럼 인간의 정신도 의지라는 자극을 받아 고양된다.

요즈음 세상사를 대하면서 선철先哲들이 남긴 언행록을 두서없이 떠올려보았습니다. 〔1996 . 03〕

교육! 교육! 교육!

영국의 블레어 수상은 그의 취임 연설에서 "영국에는 해결해야 할 중대한 과업이 셋 있다. 첫째가 교육, 둘째도 교육, 셋째도 교육이다"라고 강조한 바 있다. 선진국, 개발도상국 할 것 없이 교육을 걱정하는 소리가 높을 뿐 아니라, 교육개혁에 문자 그대로 필사적이다. 정보화, 세계화가 가져온 치열한 지식경쟁시대에 걸맞은 인재를 어떻게 키워갈 것인가를 고민하고 있는 것이다. 우리네 교육현장은 어떠한가? 문자 그대로 황폐에 직면하고 있다고 개탄하는 소리가 높다. 어른들은 가르치는 자세를 잊어버리고, 어린이들은 배운다는 것을 잊어버린 사회 – 배우지 않고 가르치지 않을 때, 21세기의 우리나라는 어떻게 될 것인가.

이번 미국의 대통령 선거에서도, 부시와 고어, 두 후보가 한결같이 교육개혁을 소리 높이 외치는 것을 보았다. 또 두 후보가 다 새로운 형태의 학교인 '차터 스쿨charter school'을 소개하며 찬양하는 것을 보았다.

'차터 스쿨'은 9년 전에 미국 미네소타주 농촌 지대에서 생겨난 중·고등학교이다. 교원이나 부모, 그리고 그 지역의 기업 등이 주州로부터 운용을 청부받아 주식회사 조직으로 운영되는 학교이다. 학생의 학력이나 관심에 맞추어서 소규모의 연구발표 중심 수업을 하는 것으로 평판이 나 있다. IT사업으로 당대의 갑부가 된 빌 게이츠가 만든 재단에서도 최근 이 학교에 450만 불을 기증하여, 같은 학교를 15개 더 만들어달라고 청한 바 있다. 이런 종류의 새로운 학교들이 전 미국에 불길처럼 확산되고 있는 것이다.

마을 한 모퉁이에 서 있는 학교, 교실은 체육관처럼 넓은 공간을 간단하게 칸막이한 형태이다. 드보르작의 명곡이 흘러나오는 가운데 학생들은 각기 컴퓨터를 두드리며 '우리 마을의 공해 대책' '컴퓨터와 수학' 등 여러 가지 테마를 공부하고 있다. 기초학력은 매주 표준시험으로 체크한다. 이 학교의 교육목적은 '개성에 맞는 길을 자유롭게 선택하는 능력을 연마하면서, 기초적인 훈련을 통해 규율을 몸에 배게 하는 것'이라고 한다.

'인간이란 교육받아야 할 유일한 피조물'이며 '어린이는 인격과 지능이 성장 도상에 있어 올바른 지도를 필요로 하는 존재'이다. '먼저 노력의 필요성과 방법을 가르쳐, 배워야 할 것은 배우게 하고 그 기초 위에 다양성, 개성의 꽃을 피우게 해야 한다' – 이는 동서양의 변함없는 교육철학이다. (2000 . 12)

청명한 가을 하늘을 쳐다보면서

1996년도 노벨문학상은 '비스와바 심보르스카' 라고 하는 73세의 폴란드 여류시인에게 돌아갔습니다. 좀 쑥스러운 얘기지만 우리나라에는 거의 알려지지 않은 시인이죠. 그러나 폴란드는 물론 동유럽에서는 '국민 시인' 과도 같은 존재로 이미 높은 평가를 받아왔다고 하지요.

'심보르스카' – 그녀는 퍽 겸손한 품성을 지닌 분인 것 같습니다. 80년대에 들어서면서 그녀의 명성이 유럽 일대에 크게 높아졌지만 이에 개의치 않고 자기 고향에서 오히려 남들의 눈을 피하는 듯 조용히 살아왔답니다. 노벨상 수상 소식이 전해졌을 때 그녀의 최초 반응은 '매우 기쁘긴 하지만 내가 제일 소중하게 간직해오고 있는 조용한 생활이 흐트러질까 두려워서…' 라는 것이었습니다.

심보르스카의 대표시 '우리 선조들의 짧은 인생'에 다음과 같은 구절이 있습니다.

사는 동안
무엇인가 해보려고 한다면
서둘러야 했다.
해가 지기 전에
첫눈이 내리기 전에.

(…) 아버지의 눈 아래에서 아들이 자란다.
할아버지의 눈동자에서
손자가 태어난다.

그런데 그들은
나이를 세지 않았다.

(…) 악이 승리할 때 선은 숨는다.
선이 나타날 때 악은 숨어서 기다린다.
어느 것도 다른 것을 억압할 수는 없다.

(…) 그러기 때문에

기쁨이 있더라도

이면에는 불안이 있고,

절망 속에서도

항상 조용한 희망은 있는 것이다.

삶은 길다고 하더라도

항상 짧은 것이다.

새로이 무엇인가 하기에는 너무 짧은 것이다.

그녀의 시는 누구나 잘 이해할 수 있게 쉽고, 간결하고, 또 부드럽다는 평을 받고 있습니다. 우리네 시인들의 시가 일부 엘리트만이 알 수 있도록 어려운 것과는 아주 대조적인 셈이지요. 부드러운 유머와 아이러니에 가득 찬, 쉬우면서도 정교하고 치밀한 문체, 그러면서도 힘이 있는 시. '시의 모차르트'라고도 하고, 또 현실을 응시하는 점에서 '베토벤'에 비유되기도 한답니다.

시에는 어떠한 저작 활동보다도 엄숙한 목적이 있지요. 그래서 시를 예언 豫言이라 하고 시인을 예언자라 하지 않겠습니까. 시와 시정이 넘치는 사회를 동경하면서 우리네 맑고 청명한 가을 하늘을 쳐다봅니다. (1996 . 11)

길들이기

불경에 '같은 물도 젖소가 먹으면 우유가 되고 독사가 먹으면 독이 된다'는 대목이 있지요. 사물의 쓰임이 어떻게 변하느냐 하는 것을 이만큼 극명하게 보여주는 말도 드물 것입니다.

사실 한 장의 종이도 누구에 의해 어떻게 쓰여지느냐에 따라 쓰레기통으로 직행하기도 하고 서류함 속으로 들어가서 귀하게 대접받기도 하지요. 혹 '나를 만나서' 그 용도가 형편없이 낮아지거나 엉뚱한 길을 가게 된 물건은 없는지요?

한 장의 종이 안에는 여러 해를 자라온 푸른 나무의 꿈이 있습니다. 한 톨의 쌀에는 농민의 손길이 여든여덟 번이나 들었다고 하는 쌀 미米자의 유래가 담겼습니다. 인간 세상으로 와서 하잘것없는 낙서로 버려지는 종이는 얼마나 억울할까요? 또한 버려지는 밥풀은 얼마나 한이 사무칠까요?

🌿 가을

상추 한 잎이 개울에 떠내려오는 것을 보고 실망하여 발길을 돌리려고 하던 수도자가 그 상추 잎을 건지려고 쫓아 내려온 노스님을 보고 다시 올라갔다는 일화가 불가佛家에는 전해오고 있지요.

　한 자루의 장도리를 샀을 때도 못을 박는 데 쓸 것이 아니라 못을 빼는 역할에 먼저 쓰는 것이 중요하다고 생각합니다. 길들이기에는 최초의 경험과 기억이 중요하기 때문이지요. 칼도 도적의 손에 들리면 살상용이지만 의사의 손에 들린다면 생명을 구하는 도구가 되는 법입니다.

　당신이 지금 대하고 있는 것에는 당신으로부터 어떤 의의가 주어지고 있는지요? (1993 . 11)

행복의 현주소

우리네 말에 '사람의 이름은 그 사람의 모양새를 말한다'고 하였지요. 그런데 감히 자기의 필명筆名을, 동서양을 통틀어 가장 위대한 역사서라는 〈사기史記〉의 저자 사마천司馬遷의 이름을 따서 사마司馬라고 자처한 일본인 작가가 있었습니다. 그는 72세를 일기로 세상을 떠난 시바 료타로司馬遼太郎입니다.

그의 작품은 소설이면서도 소설 이상의 것이었습니다. 사람이 세상을 살아가는 데 필요한 인간의 지혜와 기개를 파고들었습니다. 비록 태생이 비천하더라도 높은 뜻을 가지고 살아가는 사람들을 발굴하여, 그들의 아름다운 마음씨, 굳은 의지를 표출하는 데 초점을 맞추었습니다. 쉽게 말하면 그의 작품은 모두가 인간 찬가讚歌였습니다.

그가 남긴 말들을 옮겨봅니다.

🌱 가을

독서에는 세대나 국적을 초월하는 힘이 있다.(2차 대전 당시 일본이 승승장구하여 중국을 침략할 때와 최근 경제대국이 되어 오만해진 일본인을 볼 때)

'아! 이제부터 나는 일본인임을 그만두고 싶다.'(재떨이를 내던지는 기분으로 토했다고 하지요.)

국제 친선이란 한 나라의 좋은 사람들과 딴 나라의 좋은 사람들 사이를 좋게 하자는 뜻이지 나쁜 녀석들과 손을 잡자는 것이 아니다.

역사소설이란 그 당시 살았던 사람들에 대한 인간애를 전하는 것이어야 한다. 있지도 않은 절대絶對를 논리와 수사로 실타래처럼 묶어놓은 것 ― 그것을 이데올로기라고 하면서 사람의 목숨을 죽이니 그 이데올로기야말로 절대 거짓의 정체이다.

문학이란 결국 자기 속에 있는 '소년'의 투영이다. 정치가들이 할 일은 아름다운 노을, 졸졸 흐르는 맑은 강물을 볼 수 있는 세상을 만드는 것 아닌가. 소설 쓰는 일이란 지난 것을 쓰는 것이 아니라 내일을 쓰는 것이다. 사람으로 하여금 희망을 주어 기운을 내게 해야 한다.(그는 사람의 기분을 어둡게 하는 문장을 쓴 일이 없다고 하지요.)

그는 일본 사람이었습니다. 그러나 그의 민족주의에는 절도가 있었습니다. 그는 그릇이 큰 작가였습니다. 그의 시점에는 언제나 중국, 한국, 몽고가 있었습니다.

샘터가 창간 26주년 기념호에서 시바 료타로의 인품을 기리고 그의 죽음을 애도했던 까닭은 그의 정신이, 발자취가 샘터의 진로와 맥을 같이했기 때문입니다. 샘터가 가장 소중히 여기는 것은 진중한 성실이며, 의연한 기개입니다. 여기에 사람마다 행복의 현주소가 있다고 믿기 때문입니다. (1996 . 04)

그의 타계 10년을 즈음해 일본 열도에서 추모 열기가 고조되었다고 합니다. 아시아 여러 나라들과의 마찰이 심해지고 양극화 현상이 고착화되면서 가치관의 혼란과 폐색감을 겪는 일본인들이 그의 목소리에 다시 귀 기울이는 것입니다. 산케이신문은 전문가의 말을 인용, "시바는 보편적인 가치관과 미래 일본이 갖춰야 할 모습을 제시해주었다"며 그가 일본인들의 마음을 파고들어 오는 배경을 지적했습니다.

🌱 가을

제일 힘 있는 나라

국력이란 낱말의 뜻이 흔들리고 있다. 강대한 군사력과 경제력을 뽐내는 미국이 이라크에서 악전고투하고 있는 것을 볼 때, 종래의 잣대로 국력을 잴 수 없게 된 것은 분명하다. 최근 '안전보장' '외교' '경제' '문화' '생활' '잠재력' 등 여섯 개의 관점에서 주요 30개국을 순서 매김한 자료가 나와 눈길을 끌고 있다. 최강의 나라는 어느 나라이며, 우리 한국의 성적은 어느 정도인가.

안전보장 – 군사력이 국가의 중요 요소임에는 예나 지금이나 다를 바 없으나 지금은 보다 다각적인 위기 대응 능력이 있어야 한다. 현재 한국은 30개국 중에서 스물두 번째이다.

외교력 – 국제 협조 없이는 글로벌한 세계에서 살아남기 어렵다. 이라크 전쟁에서 보았듯이 미국도 단독행동주의의 한계를 드러내지 않았는가. 작은 나라의 안전은 적敵을 만들지 않고, 친구를 늘리는 외교 수단을 통해 보장된다. 현 정권의 외교력은 29위이다.

경제력 – 자유무역이나 투자가 재력을 좌우하는 21세기에는 부패 없는 사회가 국력의 열쇠이다. 그리고 세계화의 진전으로 각국 경제는 복잡하게 얽히고설켜 있다. GDP국민총생산만으로는 진정한 경제력을 측정할 수가 없게 되었다. 현재 한국의 경제력은 세계 14위에 매김되어 있다.

문화력 – 훌륭한 문화와 역사에는 타국을 끌어당기는 구심력이 있다. 국력의 정의가 달라지고 있는 요즈음 가장 필요한 요소가 문화력이다. 세계에서 가장 많은 직접 투자를 끌어들이는 미국, 중국, 인도 등이 강력한 문화력을 가진 나라라는 것은 결코 우연한 일이 아니다. 한국은 10위.

생활력 – 문명과 문화가 한 나라의 힘이 되는 이 시대에는 그 국민의 생활의 질質이 중요한 요점이 된다. 국민 한 사람 한 사람의 생활수준이 초대형 국가까지도 부러워하는 생활을 유지하고 있는가. 한국은 생활력에서 30개국 중 28위.

잠재력 – 나라마다 미래상을 잘 통찰하여 시대의 물결을 유연하게 헤엄쳐나가지 않으면 미래는 열리지 않는다. 미래는 멀리 있는 것이 아니라 가까운 곳에 있다. 나라의 성쇠를 정하는 것은 외적인 요인이 아니라 그 국민의 내면에 숨겨져 있는 힘, 즉 잠재력일 수 있다. 미래를 향한 활력이 충만한가. 아니면 지난날의 유산을 하나하나 부숴버리고 있는가. 우리네 잠재력에 대한 평가는 우리를 놀라게 한다. 1위 중국, 2위 스웨덴, 3위 미국, 4위로 우리 한국을 꼽았다.

　한 나라의 잠재력은 그 나라를 살릴 수도 있고 죽일 수도 있다는 토를 달고 있다. (2005 . 05)

풀 한 포기 때문에

　성 프란체스코의 일화집 〈작은 꽃〉에 나오는 이야기 한 토막입니다.

　한 젊은 사제가 신앙을 잃고 교회를 뛰쳐나왔습니다. 신심 깊은 그의 어머니는 실의에 빠졌고, 동네 사람들은 그를 경멸하며 놀려댔습니다. 그는 남몰래 밖으로 나가 하늘을 보고, 지나가는 구름을 보고, 멀고 가까운 산이며 또 발 밑의 꽃이랑 풀을 바라보면서 나날을 보냈습니다.

　어느덧 그는 자연과의 일체감에 심취하게 되고, 그 일체감은 마침내 산 위의 바위 틈 사이에 자라난 이름 모를 가냘픈 풀 한 포기에 집중되었습니다. 그는 매일 산에 올라 보잘것없는 이 작은 풀잎을 바라보고, 또 손으로 쓰다듬어주기도 하면서 자기 자신과 풀 사이에 구별이 없어질 때까지 몇 시간이고 풀과 함께 지냈습니다.

그런데 어느 날 산에 올라가니 한 젊은 여인이 바위에 걸터
앉아 그가 늘 바라보던 풀을 생각 없이 마구 뽑아버리는 것이
었습니다. "그러지 마!" 젊은 사제는 저도 모르게 소리쳤습니
다. 그때 여인의 약혼자인 젊은 군인이 쫓아와 그를 마구 때렸
습니다. 두 사람은 결국 권총으로 결투하자는 합의를 하지만
상대는 명사수, 젊은 사제가 이길 리 없었지요.

젊은 사제가 죽어갈 때 어머니의 간청으로 본당 신부가 달려
왔습니다. "어떻게 이런 일이?" 하고 묻자, 그는 마지막 숨을
모아 대답했습니다. "풀 한 포기 때문에…."

뭇 인간사가 떠오릅니다. 경제적 곤란, 정치권력의 투쟁, 사
람끼리의 갈등과 풀 한 포기 때문에 죽어간 젊은 사제의 입장.
이 두 세계의 거리는 너무나 멀게만 느껴집니다. 과연 어느쪽
의 값이 클까요? 풀 한 포기에 대한 애정이야말로 사람을 사랑
하는 마음의 바탕이 아니겠습니까. [1993 . 12]

지금 내가 가꾸는 말나무

"정말 놀랍다, 작은 말 한마디의 위력이란"이라고 서울중앙병원 간호사 하연옥 씨는 쓰고 있습니다.

매 처치마다 손을 파르르 떨며 식은땀을 한없이 흘리던 신참 시절, 정말로 실수투성이였는데 그 사람은 이렇게 말해주었다. "저기 있는 저 능숙한 간호사도 처음에는 그랬어요. 괜찮아요. 처음에는 다 그렇지요, 뭐…."

환자 중에 말이 아주 적은 이가 있었다. 그는 항상 묻는 말에만 대답하던 이였다. 병이 악화되어 호흡 곤란이 심했다. 그이가 한참 뛰어다니는 나를 애타게 불렀다. 다가가자 그는 말했다. "힘드시죠. 고마워요. 이것 좀 드시고 하세요." 그 말을 듣는 순간 내게 감동이 물결쳐왔다.

🌿 가을

세 번째는 골수 이식을 한 환자로부터 들었다. 재발이 되어 중환자실로 가게 된 그 사람에게 어떻게 위로해야 할지 몰라 손만 꼭 잡아주고 돌아서는 나에게 그 사람은 가녀린 목소리로 말했다.
"수고했어요."

　그녀의 글은 이렇게 끝을 맺고 있습니다.

　하지만 나한테는 진심으로 표현했어야 할 말을 하지 못한 슬픔이 있다. 머뭇거리다 기회를 놓친 것이다. 어디에선가 읽은 한 구절이 생각난다.
　"지금 말하십시오. 친절한 말 한마디가 생각나면 가까이 있는 이에게 하십시오. 당신이 머뭇거리고 있는 동안 그는 다른 쪽으로 가버릴 것이고 다시는 똑같은 친절의 기회가 오지 않을지도 모르니까요." (1997. 06)

이유 있는 기쁨

최근 읽은 책 속에 실려 있는 감동적인 에피소드 하나를 소개합니다.

미국의 제약회사가 개발하는 신약新藥 가운데 대부분은 다음과 같은 경로를 통해서 만들어진다고 합니다. 수많은 학자와 전문가를 브라질 아마존 강변 열대 우림에 살고 있는 소수민족 집단 부락에 파견하여, 그곳 원로들에게 대대로 전승되어 내려오고 있는 의료 기술을 듣도록 한다는 것입니다. 그 내용은 아마존의 열대우림 속에서 살고 있는 동식물이나 미생물 또는 토양, 광물 등이 사람의 질병, 상해 치료에 어떻게 쓰여져 왔는가에 대한 것입니다. 그 원로들 가운데는 5천 종류나 되는 치료법을 알고 있는 이도 있더랍니다.

전문가들은 이러한 표본을 본국으로 가지고 가서 화학 분석을 하거나 인공적으로 합성하여 신약으로 만들고 시장에 판다는 것이지요. 요즘 미국의 제약회사들은 이렇게 만든 신약으로 막대한 이윤을 얻고 있다고 합니다.

이런 사실이 밝혀지자 브라질 정부는 미국 제약회사가 아마존의 원로들에게 특허료를 지불해야 하는 법을 새로 만들었습니다. 그런데 아마존의 원로들은 하나같이 제약회사로부터 특허료를 받지 않겠다고 선언했습니다.

"내가 가지고 있는 지식 - 선조 대대로 물려받은 의료 지식이 온 인류의 행복을 위해서 쓰여진다면 이 얼마나 기쁜 일인가. 이 기쁨을 어찌 돈과 바꿀 수 있겠는가."

악착같이 돈을 벌려고 눈빛이 달라진 요즘, 자본주의적 기업인들과 아마존 원로들의 상쾌하기 그지없는 인간적인 삶의 선명한 대조 앞에서 여러분의 생각은 어떠하신지요.

한 인간으로서의 마음가짐. 지구촌에 살고 있는 세계 인류로서의 나. 해야 할 일과 하지 않아야 할 일을 식별하며 눈에 보이지 않으나 고귀한 가치를 소중히 여기는 착한 마음씨. 한국인 본래의 그 착한 마음씨를 되살려, 대대로 전해오는 가치관을 재확인함으로써 그것이 이 나라의 힘이 되게 합시다.

〔2005 . 03〕

미숙未熟

청명한 가을, 이른 새벽, 맑은 공기를 흠뻑 들이마셔봅니다. 발끝에서 머리끝까지…. 삶에 대한 애정과 감사한 생각을 느끼는 순간입니다.

가을은 역시 사고思考의 계절인 것을.

교외로 나가 발 닿는 곳의 낙엽을 밟아봅니다. 그러면 구르몽의 시 한 구절이 절로 나오지요. "시몬, 가자, 나뭇잎이 져버린 숲으로…. 그대는 좋아하는가 낙엽 밟는 소리를? (…) 발길에 밟히면 낙엽은 영혼처럼 울고, 날개 소리, 여인의 옷자락 소리를 낸다."

깊어만 가는 가을밤, 때로 불을 끄고 베토벤의 〈운명〉에 가슴을 두들겨보기도 하고, 눈을 감으면 떠오르는 선각先覺들, 그들이 남기고 간 금싸라기 같은 귀중한 말들을 외워보기도 합니다. 같이 살다가 먼저 가버린 또래 친구들이 그리워지면 그들이 보내오는 티 없는 웃음에 화답하기도 하지요.

인간의 조건 가운데 미숙未熟이 있다고 한 철학자가 있었습니다. 젊음이 무엇인지 모르는 가운데 소년기를 지내고, 결혼이 뭔지 잘 알지도 못하면서 결혼을 하고, 노경老境에 들어서서도 자기가 어떤 길을 가고 있는지를 모르는… 그리하여 노인은 자기의 나이조차 모르는 무지한 어린애가 되고…. 이런 의미에서 인간의 세계는 미숙한 혹성惑星이라고 말했습니다.

가을이 가고 겨울을 보내면, 이 땅에 봄이 오지요. 눈이 트고 새싹이 나고, 꿀벌과 나비가 꽃들을 찾아다니는 봄철의 정경을 생각하면 우리들의 인생에도 활기가 생기고, 이 세상에 태어난 보람 같은 것을 느끼게 되지요. 죽음을 앞둔 사람이라도 - 죽음을 두려워하지 않던 선량한 인텔리일지라도 '한 번 더 살고 싶다!' 고 갈망하면서 '인생의 한 순간 순간, 인간을 복되게 하옵소서…' 두 손 모아 기도하는 것을 도스토예프스키는 그의 소설 〈악령惡靈〉에서 보여주었습니다.

더욱 깊은 사색을 통하여 한 번밖에 없는 우리네 인생 - 더욱 보람 있게 가꾸소서. [1996 . 10]

문명과 문화

휴대전화의 보급으로 편리한 세상이 되었다. 남녀노소 막론하고 휴대전화를 갖고 다니는 세상이다. 이처럼 편리를 좇는 것은 문명文明이다. 그것이 곧 문화文化는 아니다. 그러나 전화를 어떻게 받느냐를 보면 그 사람의 품성을 알 수 있다. 즉 문화수준을 볼 수 있다.

본시 우리나라를 남들은 동방예의지국東方禮儀之國이라 하였다. 예의란 곧 문화이다. 옛날 우리에게는 문화가 있었다. 그런데 요즘은 어떤가. 외국에 가보면, 오가다가 조금만 부딪혀도 "Sorry" "Excuse me"가 절로 나온다. 여성이 엘리베이터에 들어오면 모르는 사람들도 모두 모자를 벗는다. 시선이 마주치면 으레 눈웃음을 보내든지, "Hi"라고 인사한다. 이런 것이 그들의 문화이다.

사람은 누구나 나름대로 예의를 지키며 살아가게 마련이다. 어쩌면 그것은 허례일지 모른다. 그런 것을 지키지 않더라도 별일은 없을지 모른다. 그러나 하지 않더라도 별일이 없는 것 – 그것이 곧 문화가 아닐까.

　하지 않아도 괜찮은 것, 쓸데없는 것, 먹고사는 데 별로 의미가 없는 것, 바로 이런 것에서 가치를 찾는 것이 문화이다. 음악이 없어도, 그림을 보지 않아도, 시나 소설을 읽지 않아도, 스포츠를 몰라도 사람은 살 수가 있다. 그러나 이처럼 먹고사는 데 별 의미가 없어 보이는 것 속에서 의미를 발견하는 것이 문화이다. 그것은 문명과는 다르다. 살아가는 데 편리한 기능을 인정하는 것이 문명이다. 요즘 우리는 문명에만 가치를 두고 문화는 멀리하는 것이 아닐까. 표현의 자유나 섹스의 해방은 문명이다. 끝에 가서는 섹스로 이어지더라도 그것을 몇 곱절 쌓아가며, 억제하며, 슬픔과 기쁨을 나타내는 것, 그것이 소셜social이며 문화인 것을.

　21세기 국가 전략의 기본은 그 나라의 군사력이나 경제력보다도 국가의 매력을 어떻게 디자인하는가 하는 데 있다는 논의가 한창이다. 문화적으로, 예술적으로 세계를 자극하는 무엇인가를 창조하는 나라가 격格 있는 나라이리라. (2005. 08)

좋은 사람, 어리석은 사람

어떤 사람이 '좋은 사람'이고 어떤 사람이 '어리석은 사람'일까.

누구나 좋은 사람이기를 바란다. 지식이 많은 사람이 곧 좋은 사람일까. 반드시 그런 것만은 아닐 성싶다. 〈샘터〉를 창간하면서 내세운 모토는 '평범한 사람들의 행복을 위한 교양지'였다. 교양이 몸에 밴 사람, 적어도 교양 있는 사람이 되고자 마음먹고 노력하는 사람을 겨냥했다.

'어리석은 사람'이란 어떤 사람일까. 쉽게 말해서 품위가 없는 사람일 것이다. 그런 사람은 성품이 조잡하고, 침착성이 없고, 사양심이란 찾을 수가 없고, 말이 가볍고, 자기 말만이 말인 양 혼자 아는 척하며 자기 현시욕이 강하다. 그리하여 명리名利에 눈이 어두워 한가한 시간이 없고, 평생 무엇인가에 쫓기는듯 편안한 날이 없어 보이는 그러한 인간들 – 그들이 바로 어리석은 군상에 속한다고 할 수 있으리라.

그렇다면 인간에게 가장 소중한 교양이란 어떤 것일까. 용모나 풍채가 훌륭한 사람이기를 바라는 것은 인지상정이지만 그것은 하늘이 낸 생래적生來的인 것이니 하는 수 없다 치자. 하지만 어진 사람, 착한 사람이 되려고만 하면 마음만큼은 얼마든지 그렇게 될 수 있는 것이다. 교양의 첫째 조건은 이처럼 어진 사람이 되고자 하는 마음가짐이다. 그러기 위해서는 만사에 배우려는 노력이 필요하다. 무엇을 배울 것인가. 그것은 시대에 따라 각자의 처지에 따라 다르겠지만, 참다운 교양이란 사물을 보되 언제나 전체를 바라보는 것이라 할 수 있다. 전체를 바라본다는 것은 돌고 도는 세상, 변해가는 모든 사상事象을 제행무상諸行無常의 심정으로 대한다는 뜻이기도 하다.

살아가면서 점점 더 절실하다고 느끼는 것은 우리네 지도자들의 교양 수준이다. 여기서 교양이란, 지도자로서의 판단에 필요한 총합력總合力 또는 대국관大局觀을 키울 수 있는 기초가 아니겠는가. 교양이 몸에 밴 사람은 어떤 모양으로든지 그 교양이 겉으로 나타나는 법이다. 좋은 사람, 마음이 착한 사람은 생각이 깊은 품성의 소유자이리라. [2005 . 10]

겨울

하늘을 향해, 설백雪白의 줄기를 타고 검은 가지에 올라
나무가 더 견디지 못할 만큼 높이 올라갔다가
가지 끝을 늘어뜨려 다시 땅 위에 내려오듯 살고 싶다.

_로버트 프로스트의 시 '자작나무' 중에서

황주리, 〈얼굴〉, 캔버스에 아크릴, 1997~2000

어느 해 겨울 러시아의 설원을 여행한 적이 있다. 눈처럼 하얀 은빛 껍질에 시원스럽게 뻗은 자작나무 숲은 하늘과 땅 사이에 쓰여진 겨울의 서사시였다.

자작나무는 절망처럼 다가올 결빙의 계절을 대비하여 역설적으로 자기 몸의 일부인 잎을 떨구어냄으로써 그 생명을 지탱하고 있었다. 혹한 속에 단호한 절제와 인내로 자신의 모든 것을 버림으로써 자작나무는 더 빛나고 향기로운 생명의 나무가 된다. 그 뿌리와 껍질로 몸이 아픈 이들에게 귀한 약이 된다.

　이 세상 사람들 가운데도 저 겨울 벌판에 선 자작나무와 같은 사람이 있다. 깊은 성찰로 절망 같은 계절을 황홀한 생명의 계절로 바꾸어 내는 글이 있다. 우암이 쓴 샘터 뒤표지글은 자작나무 같은 이들의 눈부신 은빛 '겨울 서사시'를 우리에게 들려주고 있다.

조광호_ 신부, 화가

첫눈을 기다리며

첫눈이 내리면 서로 먼저 알려 줄 것을 금아琴兒, 피천득 선생의 아호와 기약한 지 근 40년이 됩니다. 그래서 해마다 첫눈을 기다리는 마음은 남다른 바가 있지요.

시인이신 금아는 첫눈을 '하늘이 전해오는 메시지' 라고 하였습니다. 첫눈은 시인에게 영감을, 시를 쓰게 하는 힘을 주는가 봅니다.

첫눈은 나를 동심의 세계로 데려갑니다. 코흘리개 개구쟁이 시절, 동네 삽살개와 뒹굴던 기억을 잊을 수가 없습니다. 첫눈이 아니더라도 흰 눈에 얽힌 추억은 언제나 생생하고, 시원하고, 마음을 맑게 하여 줍니다. 나는 6·25 동란 때, 지금의 아내 – 당시에는 결혼 전 – 와 함께 1·4 후퇴를 하면서 서울에서 대전으로, 추풍령을 넘어 김천, 대구로 부산으로 가는 힘든 길에 보았던, 눈 덮인 산과 들의 풍경을 잊을 수가 없습니다.

첫눈은 향수의 대명사이기도 합니다. 잊어버리고 살아왔던 옛 시간과 공간, 자연과 사람들을 오랜만에 만나는 기쁨으로 가득 채워줍니다.

첫눈을 내려주는 그 큰 힘, 그 위대한 자연 앞에 경건해지지 않을 사람이 있을까요.

요즘처럼 세상만사가 어지러울 때, 첫눈이 내리는 그 숭고한 스펙터클이 주는 환희의 맛을 볼 수 있는 사람은 얼마나 있을까요.

첫눈이 오면 나는 마음속에서 외칩니다. '아! 이 얼마나 멋진 순간인가?' 시인이 아니더라도 첫눈이 올 때면 나의 마음에, 나의 영혼에 신의 은총이 깃드는 것을 느낍니다.

첫눈은 언제나 새롭습니다. 더러운 것들을 모두 덮어버리는, 클클하고 답답한 가슴 활짝 열어젖히고 희고 맑고 밝은 세계를 향해서 새 출발하는 신호입니다.

첫눈을 밟으며 걸어가 봅시다. 첫눈은 도시 생활의 추악한 독기를 날려줄 것입니다. 불행이란 아마도 오직 한 곳만을, 외곬으로 생각하는 데서 생겨나는 것인지도 모릅니다. 온 천지에 골고루 내리는 첫눈을 밟으면서 다양한 생명들이 저마다 열심

히 살고 있음을 생각합니다. 새로운 희망을 가지고 걸어가 봅
시다. 하늘이 주는 선물에 감사하면서. (2004 . 12)

피천득 선생님은 올해 춘추 96세이시지만, 아직 그 약속은 계속되고 있다고
합니다. '너' 라는 제목의 선생님의 시 한 편을 소개합니다.

눈보라 헤치며 / 날아와
눈 쌓이는 가지에 / 나래를 털고
그저 얼마 동안 / 앉아 있다가
깃털 하나 / 아니 떨구고
아득한 눈 속으로 / 사라져가는
너.

중국의 옛이야기들

옛 중국 송宋나라에 저공狙公이란 사람이 있었습니다. 저狙란 원숭이를 뜻하지요. 그 이름처럼 저공은 많은 원숭이를 키웠는데 집안 식구들의 먹을 것까지 아껴가면서 원숭이들을 키우다 보니 점점 살림이 어려워져 원숭이들의 먹이를 절약할 수밖에 없게 되었습니다.

그래서 정든 원숭이의 기분을 일방적으로 해칠세라 먼저 원숭이들에게 이렇게 말했습니다. "너희들에게 주는 도토리를 이제부터는 아침[朝]에 셋, 저녁[暮]에 넷을 주려고 하는데 어떻겠니?" 그러자 원숭이들은 모두 화를 내며 시끄럽게 항의하는 소리를 냈다고 하지요. 그래서 저공은 내심 '옳거니!' 생각하면서 "그러면 아침에 넷, 저녁에 셋으로 하면 어떻겠니?" 하자 원숭이들은 모두가 기뻐했다는 얘기입니다.

실제로 아무런 변화가 없지만 기쁨과 노여움이 달라지는 것. 영리한 자가 어리석은 자를 농락하는 말이라고도 하지만 이 말을 창작한 장자莊子는 '조삼모사' 든 '조사모삼' 이든 서로 시비是非할 것이 아니라 했습니다. 실체가 다르지 않으니 원숭이처럼 화를 내거나 기뻐할 것이 아니라고 했지요. 다만 성자聖者는 시비의 의론을 조화하며 하나가 되게 해야 할 것이라고 했습니다.

중국 고전에는 이처럼 인생을 살아가는 데 도움이 되고, 나라를 경영하는 데 유익한 재담, 우화 등이 풍성하지요. '우물 안 개구리〔井低之蛙〕'니 '오합지졸烏合之卒' 이니 와신상담臥薪嘗膽, 합종연횡合從連衡, 관포지교管鮑之交, 기우杞憂, 곡학아세曲學阿世, 어부지리漁父之利, 군계일학群鷄一鶴, 경국미인傾國美人 등등 하늘의 별만큼 많은 것이 5천 년 중국 역사에서 나온 귀중한 이야기들이지요.

지금 날마다 신문, 방송을 시끄럽게 하는 여야 정치인들에게 2천3백 년 전에 살다간 장자가 다시 온다면 무엇이라고 할까요. 와우각상蝸牛角上의 싸움일랑 그만들 하시라고 타이를지 모릅니다. 장자가 이 말을 한 것은 그의 시대—약육강식의 무력투쟁이 극심할 때, 그 현실을 빗대놓고 한 말이지요. "고작해야 달팽이 뿔 위의 싸움인데…."

깊어가는 겨울밤. 가족, 친지 간에 중국 옛이야기를 주고받는 것도 흥겨운 정취가 아닐는지요. (1999 . 12)

잃어버리는 시간들

어떤 신부님의 방에 들어갔더니 벽에 걸려 있는 시계가 기이하였습니다. 원형의 벽시계인데, 숫자판이 온통 하얀 물감으로 발라져 있고 그 위에 못으로 각인한 숫자가 1부터 12까지 간신히 나타나 있었지요. 그런데 정작 있어야 할 시침과 분침이 없었습니다. 초침 저 혼자서 재깍재깍 쉬지 않고 돌아가고 있는 그 시계 한가운데에는 못으로 써넣은 '잃어버리는 시간들' 이라는 글귀가 있었습니다.

그 시계에서는 우리가 지금 잃어버리고 있는 시간이 숨가쁘게 느껴졌습니다. 옮겨가는 걸음이 눈에 잘 띄지 않는 시침과 분침은 없는 반면 초침 가는 것만이 극명하게 나타나고 있었기 때문이지요. 초침 흘러가는 소리를 피 한 방울 한 방울이 똑똑 떨어져 나가는 듯한 느낌으로 들어본 적이 있는지요?

개인의 시간 속도는 자신의 나이에 '2'를 곱하면 나온다고 합니다. 그러니까 스무 살인 사람은 '20×2=40' 곧 시속 40킬로미터이나 마흔 살인 사람은 '40×2=80'이며 예순 살인 사람은 '60×2=120'이라는 것이지요. 시간은 누구한테나 공평한 흐름인데, 세대에 따라 사람에 따라 이렇게 엄청난 속도감의 차이를 느끼는 것입니다.

젊은 분들은 더 빨라지기 전에, 나이 드신 분들은 더 닳아지기 전에 시간을 수확하여야겠습니다. 혹시 지금 이 시간을 아까운 이삭으로 버리고 있는 분은 안 계시는지요? (1993. 06)

폭군의 속성

폭군暴君이라고 하면 곧 로마 황제 '네로'를 연상하게 된다. 무소불위無所不爲의 막강한 권력을 가지고 자기의 아내, 자식 심지어 스승 세네카까지도 죽여버린 폭군의 대명사, 네로.

"사람은 누구에게나 폭군적인 부분이 있어 방치하고 있으면 자기도 모르게 폭군의 속성이 얼굴을 내밀어 남을 해치거나 폐를 끼칠 수 있다"라고 한 철학자가 있다. 사람이 폭군이 되는 것은 어떤 때일까. 철학자 알랭Alain은 말한다. 그것은 사람이 남의 사랑을 독차지하려고 할 때라고. 지도자의 자리에 올랐을 때, 자기의 힘을 과시하고자 할 때, 그리고 겁이 많은 사람일수록 폭군이 되기 쉽다고 한다.

사랑을 독차지하려고 할 때, 상대의 마음이 다른 곳에 쏠리는 것을 참지 못한다. 이때 사람은 쉬이 폭군이 된다. 부하를

집요하게 구속하려는 상사도 폭군이며, "나와 바깥일 중에서 어느 것이 더 중요해요!"라고 남편에게 대드는 부인도 폭군의 속성을 지닌 것이다.

장長 자리가 붙으면 폭군이 되기 쉽다. 국회의원이나 장관이 되었을 때의 위험은 세상에 다 알려져 있지만, 조그마한 직장에서도 부장, 과장, 계장이 되어 명령이나 지휘권을 가지게 되면, 어리석은 폭군이 되는 수가 많다. 부하가 상사의 비위를 맞추기 위해서 거짓 보고를 하게 되면 그 조직의 위험도는 점점 높아질 수밖에 없다. 기업이 도산하거나 불상사가 일어난 뒤에는 이런 종류의 '달콤한 거짓'이 있었음을 흔히 보게 된다.

겁이 많은 자는 폭군이 되기 쉽다. 그리고 분수를 모르는 야심가도 폭군이 되기 쉽다. '야심가=겁쟁이=폭군'이란 도식을 그리는 심리학자도 있다. 겁이 많은 자는 겁을 감추기 위해서 강력한 힘을 추구하려고 한다. 겁이 많음을 남에게 보이지 않기 위해서 권력을 차지하려고 수단과 방법을 가리지 않는다. 그러나 마각馬脚이 드러날 때가 온다. 겁쟁이에게는 지도자가 될 자격이 없기 때문에, 어떤 조직 속에서 남을 지배하고 싶어 하는 자 중에는 겁쟁이가 적지 않음을 본다. (2004 . 11)

한 번쯤 돌아보라

칼릴 지브란의 우화 가운데 이런 것이 있습니다.

어머니와 딸이 있었지요. 그런데 공교롭게도 둘이 함께 몽유병에 걸려 있었습니다. 어느 날 밤, 어머니와 딸은 잠이 든 채로 방에서 나와 걸어다니다가 정원에서 마주쳤습니다.

어머니가 딸을 향해 말하지요.

"드디어 만났구나, 이 원수야. 너 때문에 내 귀한 젊음이 다 소모되고 말았다. 넌 내 노동의 땀과 애통으로 네 인생을 가꾸었다구! 널 죽여나 버렸으면 속이 시원하겠다."

그러자 딸 또한 가만 있지 않았습니다.

"천하의 이기적이고 몹쓸 늙은이라구! 당신은 내가 자유로워지는 것을 방해해왔어. 나한테 공부라는 것을 시켜서 자기 허영을 채우려 했고, 날 한사코 이름 높은 집에 시집을 보내서 자기 소망을 이루려 하고 있어. 당신이 죽어버린다면 얼마나 좋을까."

그때 새벽닭이 울지요. 둘은 이내 잠에서 깨어납니다. 어머니와 딸은 다정하게 말을 주고받습니다.

"애야, 감기 들려고 왜 잠옷 바람으로 나와 있느냐?"

"어머니도 조심하셔요. 바깥 바람이 찹니다."

이 우화에서 우리는 무의식과 의식의 세계도 엿봅니다만 양쪽에서 느끼고 있는 감정을 적나라하게 읽을 수 있습니다. 부모와 자식 간도 지나친 소유욕에 얽매여 있지는 않은지 한 번쯤 돌아봐야 할 것입니다. (1993 . 09)

길옥윤 이별 콘서트

　길옥윤吉屋潤, 그는 '이별' '사랑하는 당신이' '서울의 찬가' 등 수많은 노래를 작곡하였다.

　길옥윤의 본명은 최치정崔致楨, 그는 나와는 소학교 동급생이었다. 학예회 때면 그날은 치정 군의 날이었다. 하모니카 하나 가지고는 만족하지 못하였던지 언제나 두 개를 가지고 불었다. 아래 위로 부는 동안, 콧물이 흘러 훌쩍훌쩍 들이마셔가며 불었다. 그래서 그의 별명은 '코흘리개'였다.

　길옥윤이 재즈계에서 명성을 떨친 것은, 작곡도 작곡이지만 그의 테너 색소폰 연주가 일품인 데 있다. 본래 색소폰은 유연하고 감미로운 소리를 내는데 음량이 풍부하여 취주악, 특히 재즈 음악의 왕기王器라고 한다.

　길옥윤이 걸어온 70평생은 떠돌이 인생이라고 할 만하다. 길옥윤을 생각할 때마다 나는 이탈리아의 명감독 페데리코 펠리니의 작품 〈길〉을 연상한다. 안소니 퀸이 분扮하는 떠돌이 인생. 그의 애인 '줄리에타 마시나'의 트럼본 소리와 길옥윤의 테너 색소폰이 중복되어 들려온다. 모두가 가냘픈 인간의 애조哀調이다. 인간에 대한 한없이 깊은 사랑의 멜로디이다.

심장을 쥐어짜는 페이소스Pathos가 몰아친다. 옛 중국 사람들의 표현을 빌리면 단장斷腸의 아픔이라고나 할까.

길옥윤의 이별 콘서트가 SBS홀에서 있었다. 휠체어를 타고 나온 길옥윤의 초췌한 모습, 그러나 그의 얼굴은 동안童顔을 유지하고 있었다. 옛 코흘리개의 모습이었다. 패티김이 '이별'을 불렀다. 그녀의 마지막 노래 속에는 눈물이 맺혀 있었다.

인생의 마지막길이었나, 영화 〈길〉에서 애인을 잃고 통곡하는 '잔파노' 안소니 퀸처럼 나는 숨을 죽여가며 속으로 울었다. 옆에서 나의 손을 쥔 길옥윤의 손은 떨리고 있었다.

오늘의 이별 콘서트가, 이별이 되지 않고 '컴백' 콘서트가 되는 날을 나는 기도했다. (1994 . 08)

길옥윤 선생은 이별 콘서트가 끝나고 1년 뒤인 1995년 3월 17일 돌아올 수 없는 길을 떠났습니다. 그는 마지막 순간까지 구차한 말 한마디 하지 않고 고통스러운 기색 없이 오선지에 투혼을 쏟았다고 합니다.

맹인 연주자와 거리 가수의 노래

지난해 섣달 그믐, 크리스마스를 앞두고 붐비는 서울역 앞 지하도를 들어설 때였다. 저마다 바쁘게 지나는 사람들에게 외면당한 듯한 맹인 부부가 지하도 한 모퉁이에 서 있었다. 맹인이 기타를 치며 행인의 시선을 끄는 광경은 자주 보았지만 바이올린을 켜는 모습은 처음이었다. 크리스마스 캐롤을 켜는 연주자 앞엔 듣는 이가 없었다. 행인들은 그저 쳐다보고 지나칠 뿐이었다.

그 앞에 서서 잠시 듣고 있노라니 검은 베레모에 소위 계급장을 단 군인과 동행하던 두 아가씨가 저만치 지나쳤다가 되돌아왔다. 적은 관객을 위해 앞을 못 보는 연주자는 귀에 익은 캐롤들을 연주해나갔다. 다섯 곡이 끝났을까, 다음 곡을 켜려는 순간 검은 베레모의 젊은 장교가 말했다. "캐롤을 계속 켜주시겠습니까? 저희들이 같이 부르고 싶은데요."

군인의 말에 잠시 의아한 표정으로 머뭇거리던 연주자는 이내 익숙한 솜씨로 바이올린을 켜기 시작했다. "그 맑고 환한 밤중에 / 천사들 내려와…." 바이올린 멜로디에 맞춰 군인과 두 아가씨는 노래를 불렀다. 예사 솜씨가 아니었다. 바이올린과 어우러진 멋진 화음이 지하도에 울려 퍼졌다.

관객이 하나 둘 늘어났고 따라 부르는 사람도 생겼다. 사람들의 얼굴엔 평화와 기쁨의 빛이 넘쳐흘렀다. 그때 장교가 나서며 말했다. "여러분, 이 두 분의 바구니를 채워줍시다." 그는 에워싼 사람들 앞에 나와서 직접 바구니를 돌렸다. 이윽고 바구니가 다시 맹인 여인의 손에 들려졌을 땐 지폐로 수북하게 채워져 있었다.

류시화, 정채봉 두 사람이 엮은 〈작은 이야기〉 중 손종식 씨의 이야기입니다. 이 책은 한국판 마음을 열어주는 이야기 모음이라 할 수 있습니다. 1권에는 88편, 2권에는 100편의 이야기가 담겨져, 사랑과 행복과 꿈을 귀띔해줍니다. [1999 . 12]

처방전

　인디언 민화입니다.

　태초에 신이 인간을 빚어 살게 하였을 때는 집도, 옷도, 음
식도 필요치 않았으며 질병도 없었다는 것이지요. 그런데 얼
마 후 인간 세상을 굽어본 신은 생을 사랑하기보다는 오히려
이를 저주하고 있는 인간들을 보게 되었습니다. 이것은 '인간
이 서로 흩어져 멋대로 살기 때문이다'라고 생각한 신은 의식
주를 스스로의 노력으로 해결하지 않으면 안 되게 하였습니
다. 노동으로 인간들을 모여 살게 하려고 했던 것이지요. 그러
나 인간들은 신의 의도와는 달리 행동하였습니다. 노동이 있
자 인간들은 오히려 작은 집단으로 나뉘어져 싸움을 시작한
것입니다.

　최후의 수단으로 신은 인간 세상에 각종 질병을 퍼뜨렸습니

다. 질병으로 자신들의 허약함을 깨우쳐서 서로 도우며 오순도순 살게 되리라 생각한 것이지요. 그러나 얼마 후 다시 인간 세상을 굽어본 신은 크게 절망하였습니다. 질병을 두려워한 나머지 인간들은 더욱더 사악해졌으며 서로를 멀리하고 있었던 것입니다. 신은 인간들이 멋대로 고통을 받다가 스스로 깨닫게 하는 수밖에 없다고 생각하였습니다. 과연 세월이 흐르면서 극소수의 인간들이 깨닫기 시작하였습니다. 노동은 모든 사람을 맺어주는 공동사업이어야 하고 질병은 서로 애정을 가지고 함께 퇴치하여야 한다는 것을.

보왕삼매론寶王三昧論에도 이런 구절이 있지요. "몸에 병이 없기를 바라지 말라. 몸에 병이 없으면 탐욕이 생기기 쉽나니. 그래서 성인이 말씀하시기를, 병으로써 양약을 삼으라 하셨느니라. 세상살이에 곤란 없기를 바라지 말라. 세상살이에 곤란이 없으면 업신여기는 마음과 사치하는 마음이 생기나니…."

(1993. 07)

칸트 서거 200년

2004년 2월 12일로 칸트Immanuel Kant가 세상을 떠난 지 200년이 되었다. 칸트가 평생을 살다간 프로이센의 옛 수도 쾨니히스베르크의 2월 날씨는 영하 10℃. 한기가 살을 에는 듯 춥다고 한다. 도시의 중심부에 있는 칸트의 무덤 앞에는 웨딩드레스 차림의 신랑 신부들과 하객들이 증정하는 꽃다발이 가득하다. 결혼하면 고향이 낳은 위인偉人에게 보고하는 것이 그 지역의 전통이라고 한다.

칸트! 칸트를 아는 우리네 젊은이들은 얼마나 될까. 주말마다 TV에서 방송되고 있는 프로그램인 '도전 골든벨'에 나오는 학생들에게 칸트의 '3대 비판'을 물어보면 얼마나 맞출 수 있을까. 일생 동안 독신으로 철저한 생활습관을 지키며 살다간 칸트는 매일 정해진 시간에 정해진 길을 산책했기 때문에 사람들은 그의 모습을 보고 시계를 보듯 시각을 알 수 있었다고 한다.

세계 시민의 입장에서 영구 평화를 주창한 칸트의 철학은 다음 네 개로 요약된다.

- 나는 무엇을 알 수가 있는가.
- 나는 무엇을 해야 하는가.
- 나는 무엇을 소망해야 하는가.
- 인간이란 무엇인가.

이처럼 네 개의 물음 모두는 결국 인간학으로 귀결된다. 칸트의 철학을 직업적인 철학자를 위한 것이 아니라 교양을 몸에 지닌 일반 시민을 위한 철학이라고 하는 이유도 여기에 있다. 칸트에게 철학은 인간을 인도하여 높이는 일이며, 이는 곧 인간을 미성년 상태에서 탈출시키는 일이다. 그는 "인간 내면의 가장 위대한 혁명은 미성년 상태를 탈출하는 것이다"라고 되풀이하여 강조했다. 2천 년 전의 공자의 말씀 〈논어〉에도 이런 구절이 있다. '군자는 상달上達하며 소인은 하달下達한다' — 즉 '군자는 점점 고급스러운 것을 알게 되지만, 소인은 점차 저급한 것을 알게 된다' 고. (2004 . 03)

권력과 권위

권력權力과 권위權威는 어떤 점이 다를까. 사전에는 '남을 눌러 복종케 하는 힘'이 권력, '남을 복종케 하는 위력'이 권위라고 쓰여 있다. 이렇게만 보면 그 차이점이 애매하다.

권력은 직제상職制上의 지위에 주어지는 것이고, 권위는 인격에 매여 있는 것 – 개인의 견식, 실적, 인간적 매력 등이 뒷받침되어 절로 사람의 마음을 사로잡는 것이다. 권력은 덮어놓고 복종시키지만 권위는 자발적으로 복종케 한다. 권력자는 자리가 높을 뿐, 사람이 높은 것은 아니다. 권위 있는 사람은 비록 낮은 자리에 있어도 남의 마음을 사로잡는다.

권력은 자리에서 떠나면 힘이 없어지지만 권위는 자리와 별로 관계가 없다. 권력은 지위만이 눈에 띄고 인격은 보이지 않는다.

겨울

지도자가 되면 본색이 드러난다. 어렸을 때부터 지금까지 무엇을 배우면서 자라났는가, 자기 자신을 어떻게 연마하여왔는가, 사람 됨됨이, 즉 인격이 눈에 띄게 된다. 인격이 갖추어지지 않은 사람이 자리에 앉으면 조만간 마각이 드러난다. 당초 괜찮던 사람이 도중에 이상해진다면 인격을 높이려는 노력이 부족한 사람이다. 권력의 남용보다 무서운 것은 없다. 권위가 희박한 사람일수록 권력에 매달린다. 이는 동서고금의 역사가 말해준다.

지도자에게 필요한 것은 권력과 권위를 식별하는 일이다. 자기에게 권력이 없어지면 무엇이 남을 것인가. 벌거벗은 자기에게 얼마만 한 권위가 있는가 자문자답해볼 일이다.

오늘날 우리 사회에는 산송장이 즐비하다. 권력에 매달려 권위를 소홀히 여긴 탓이리라.

이탈리아의 격언에 이런 말이 있다. "물고기는 머리부터 썩는다." 이는 머리가 깨끗한 이상, 썩지 않는다는 뜻도 된다. 한 시대가 끝났다고 해서 새 시대가 일시에 생겨나지는 않는다. 머리가 깨끗해야 새 시대의 지도자가 될 수 있다. 지도자에게는 권력과 권위 – 두 가지가 다 필요하다. 권위 없는 권력만으로는 사람이 따르지 않는다. 권력만을 따르는 사람은 언제든 배신할 수 있는 소인배일 뿐이다. 권위를 갖춘 사람은 권력의 남용을 자제할 수 있다.

지도자 선택의 기준은 바로 – 권위 – 인격을 제일로 할 일이다. [1997 . 04]

케네디 2세의 죽음

케네디 2세의 조난사에 대하여 미국의 매스컴들이 '미국의 왕자' '케네디 왕조의 비극' 등을 대서특필했듯, 그의 죽음이 미국 국민에게 가져온 허탈감과 충격은 우리의 상상을 넘는 것이었다.

〈뉴욕 타임스〉는 사설에서 "결국 케네디가家는 노름에서건, 정치에서건, 전쟁에서건 언제나 위험을 두려워하지 않는 사람들이다. 위험에 굴하지 않고 인생을 살아간다는 점에서 케네디가를 존경하는 마음이 생겨났으리라"고 하였고 〈워싱턴 포스트〉의 사설은 "어쩌면 그렇게도 멋진 귀족이 죽었단 말인가"라고 했다.

자가용 비행기를 손수 조종하다가 추락사한 케네디 2세를 수색하기 위해서 경찰이나 연안 경비대뿐 아니라 해군, 공군까지 동원되었다. 바다에 유해를 뿌릴 때는 구축함까지 동원되었고, 모든 비용이 국고에서 지출되었다. 우리 한국뿐 아니라 미국 이외의 나라에서는 좀처럼 생각할 수 없는 일이다. 그러나 클린턴 대통령은 "그들이 미국 국민생활에 기여한 역할, 또 그 집안이 잃어버린 것의 무게를 생각하면 특별 취급이라고 할 수 없다"고 했다. 애당초 국민의 감정 – 세론의 지지가 있었으니 할 수 있는 말이리라.

그의 삼촌인 테드 케네디 상원의원의 조사를 몇 구절 옮긴다.

"그가 자신의 이름을 알기 전부터 세상은 그의 이름을 알았습니다."

"그가 백악관 잔디밭을 가로질러 뛰어가 헬기에서 내리는 아버지의 품에 안기는 장면을 담은 사진 – 그 모습만큼 부자 간의 정을 멋지게 나타낸 것은 없을 것입니다."

"그는 인생의 맛을 알고 모험을 사랑하는 성인으로 자라났습니다."

"그의 어머니인 재키는 그에게 독자적으로 성장하여 웃고 울며 꿈꾸고 노력할 수 있는 공간을 만들어주었습니다."

"그에게는 지켜야 할 유산이 있었고 그는 그것을 소중히 간직하는 법을 배웠습니다."

　많은 사람들이 그의 죽음을 애도하지만 혈육친지의 아픔에
는 미칠 수 없으리라. 동생을 잃은 그의 누나 캐롤라인은 장례
식에서 셰익스피어의 최후의 희곡 〈템페스트〉에 나오는 구절
을 소리 높여 당당하게 읽었다고 한다. 그의 죽음에서 무엇을
느끼고 무엇을 배울 것인가. (1999 . 09)

위엄 있는 인생

재클린이 세상을 떠났다. 미국의 모든 매스컴들은 한결같이 그녀의 죽음을 애도하면서, 그녀의 일생을 '위엄 있는 인생'이 었다고 극찬하였다.

재클린의 모습을 소개하는 텔레비전의 화면들은 빠짐없이 케네디 대통령이 1963년 11월, 달라스에서 저격당했을 때 그녀가 보여준 의연한 태도를 상기시켰다. 그때 그 순간, 엄청난 충격 속에서도 결코 몸가짐을 흐트러뜨리지 않았던 재클린! 장례식 때도 어린 두 아기를 앞세우고 침착하게 발걸음을 옮겨갔던 재클린의 모습! 미국인들의 뇌리에 깊이 뿌리박혀 있던 재클린의 이미지가 다시 살아난 것이다.

그 후 그녀의 인생은 결코 위엄 있는 것이었다고 말하기 어려우리라. 그리스의 선박왕 오나시스와의 결혼은 미국을 배신하는 짓이라고까지 혹평한 사람도 있었다. 그 밖에도 재클린에 얽혀 있던 스캔들이 없지 않았다. 그러나 밖으로는 결코 자신의 허약함을 보이지 않았고, 구차한 변명도 한 일이 없다. 눈감을 때까지 '자기의 길'을 걸어갔다.

케네디 집안과의 관계도 일정한 거리를 두면서, 언제나 그 집안의 한 사람임을 알리는 태도를 취하였다. 이런 인생의 태도에서 미국인들은 '디그니티 dignity'를 느꼈을 법하다. 텔레비전 아나운서가 말끝마다 '엘리건스 elegance'를 연발한 것도 이해가 간다. 케네디 대통령 장례식에 참가했던 당시 프랑스 대통령 드골이 "미국에서 갖고 싶은 것은 아무것도 없다. 그러나 재클린만은 예외이다"라고 한 것은 유명한 일화이다.

위엄 있는 인생, 우아한 모습의 여인이라고 부르고 싶은 사람이 우리 주위에는 없는 것인가. 결코 없지는 않으리라. 그런 사람 됨됨이를 볼 수 있도록 우리들의 눈을 더 정련해야 하지 않을까. (1994. 07)

그녀가 암으로 세상을 떠난 지 10여 년이 흘렀지만 재클린은 여전히 미국인들에게 가장 사랑받는 영원한 퍼스트 레이디입니다. 이것이 위엄 있는 인생의 힘이겠지요.

나이를 먹는다는 것

　사람은 나이를 먹어가면서 몇 개의 단계를 거쳐 정신적으로도 성숙해지는 모양이다. 많은 선인先人이 그런 말을 하고 있고 또 그런 글도 남기고 있다. 그런데 그 단계란 것은 대개 셋으로 나누어진다.

　인생 행로를 미적美的 단계와 윤리적倫理的 단계, 종교적宗教的 단계로 나눈 철학자가 있다. 먼저 미적 단계라는 것은 끝도 없이 쾌락을 추구해가는 청년 시대에 해당한다. 젊은이들은 모두 쾌락을 맛보려 한다. 연애戀愛만 하더라도 깊이 있게, 인생 전체를 생각하면서 오직 한 여성 혹은 한 남성만을 사랑하려고 하지 않는다. 나비처럼 이 꽃에서 저 꽃으로 날아다니다 '정혼? 그건 그때 가봐야지' 하는 식이다. 이처럼 당장은 어느 누구에게도 구속받고 싶어하지 않는다.

그러나 그랬던 청년도 자기의 인생을 진지하게 생각하기 시작하는 나이가 되면서부터 자기가 누구인지, 무엇을 할 것인지, 어떤 인간이 되려고 하는지를 현실 속에서 엄숙할 정도로 자문자답하게 된다. 이렇게 해서 윤리적 단계로 들어간다. 오직 한 사람의 여자, 남자와 결혼하게 되고 천직을 얻어 선량한 시민으로서 살아갈 것을 다짐한다.

그렇게 살아가면서도 사람이란 가끔 무료한 생각이 들고, 인간의 힘을 초월한 절대적 존재〔神〕에게 자기 인생을 맡기고 싶은 생각이 든다. 이것이 종교적 단계이다. '모든 것을 신에게 맡긴다'는 것은 인간으로서의 약점, 추악한 모든 것을 신이라고 하는 초인간적 존재에게 맡긴다는 것이다.

나이를 먹어가면서, 이른바 노경老境에 들어가게 되면 자기도 모르는 사이에 무의식적으로 신이 자기 마음속에 존재하고 있음을 실감하게 된다. 신이란 결코 자기 밖에 있어 우러러 보는 존재가 아니라 인간 속에, 바로 자기 안에 존재하여 사람을 감싸고 나무나 화초 등 삼라만상을 감싸고 있는 큰 생명인 것을 나이가 들면서 감득感得하게 되는가 보다. 사람이 나이를 헛먹는 것만은 아니리라. (2005 . 09)

잊혀져가는 낱말 '디이슨시'

　'디이슨시 decency' 란 낱말의 뜻을 사전에서 찾아보면 '보기 흉하지 않음, 모양새가 좋음, 행동과 말씨가 고상함, 예의범절, 친절, 너그러움' 등으로 쓰여 있습니다. 이번에 우리나라를 찾아온 노벨문학상 수상자인 오에 겐자부로大江健三郎 씨가 자주 쓴 낱말이기도 하지요. 이 낱말을 '양식良識' '사리 분별' 등으로 풀이할 수도 있겠지요.

　오늘날 세계에서 이 '디이슨시' 란 낱말이 새삼스럽게 참신성을 가지고 가슴에 와닿게 된 까닭은 어디에 있을까요. 우리들의 사회가 20세기를 통해서 오랫동안 마음의 착함이나, 사람마다의 아름다움, 의젓함 – 이런 가치들을 잃어버렸기 때문이 아닐는지요.

　20세기는 격동의 세기라고 하지요. 그동안 세계의 사람들은 국가와 민족의 이름으로, 또는 이데올로기의 이름으로, 혹은 종교의 이름으로 싸우고 피 흘리고 사납게 살아오면서 인간 자체에 대한 통찰 – 누구나 인간이면 착한 마음씨를 갖고 태어난다는 그 본바탕 – 을 잊어버린 것이 아닐까요. 우리 한국 사회에서도 고급, 사치, 편리 등의 낱말은 넘치고 있으나 사람의 품위나 성품의 착함 같은 소중한 가치는 잃어버린 것이 아닐는지요.

'디이슨시' 란 낱말은 일찍이 천재 작가인 조지 오웰이 찾아 낸 말이죠. 사회주의 · 공산주의의 이름 아래 사람을 통제하고 감시하고 숙청하고 학살한 이른바 '혁명' 의 와중에서, 인간 사회의 최고 가치는 딴 데 있는 것이 아니라 사람이 날 때부터 가지고 나온 착하고 어진 마음씨를 잃지 않고 살아가는 데 있다는 것을 호소한 것이지요.

오늘날 우리 사회에 범람하고 있는 '개혁' '혁신' 도 그것이 사람 사는 사회를 살맛 나게, 편안하게 하기 위한 것이라면 인간의 근본인 착한 마음씨를 되살리는 것이라야 할 테지요. '동심의 세계는 모든 어른들의 고향' 이라는 사실을 되새기면서 하늘이 인간에게 준 착한 마음씨[童心], 즉 '디이슨시' 를 간직하고 살아갑시다. (1995 . 03)

만남 복습

　종교에 있어서 성찰省察은 첫째가는 덕목입니다. 자신이 한 일을 돌이켜보고 잘못을 다시 반복하지 않겠다고 결심하는 마음에 구원의 빛이 들기 때문이겠지요. 학교의 선생님들 또한 능률적인 공부법은 복습이라고 강조하고 있습니다. 바둑을 두는 사람들도 복기復棋를 할 때 보다 높은 수를 깨우친다고 하지요.

　우리 인생을 들여다보면 만남이 삶의 형질形質이 되고 있음을 알 수 있습니다. 성공한 사람과 실패한 사람의 기초를 보십시오. 노력과 만남입니다. 그런데 대개의 사람들은 만남을 대수롭지 않게 생각하기도 하지요. 오늘부터라도 만남에 대해 복습을 해보는 것이 어떤는지요.

　잠들기 전 오늘 만났던 그 사람에 대해 생각해봅니다.

그 사람이 향기로 남아 있습니까? 편린으로 남아 있습니까?

그 사람과 나누었던 말에 대해 생각해봅니다.

바람처럼 스쳐가는 말이었습니까? 간직하고 싶은 복된 말이었습니까?

그 사람과 함께한 시간에 대해 생각해봅니다.

이자가 불어난 시간이었습니까? 도둑맞은 시간이었습니까?

그 사람의 작은 버릇을 기억할 수 있습니까? 휴지 한 쪽을 들고 먼 데 쓰레기통을 찾아간다거나 찢어서 버리기를 좋아한다거나.

그 사람을 만나고 나니 좋은 일이 있을 것 같은 예감이 듭니까? 어두운 일이 있을 것 같은 예감이 듭니까? [1993 . 10]

새 아침의 기도

갓 열 살 난 손자 예훈이가 닭똥 같은 눈물을 흘리면서 말했답니다.

"아빠! 한 번만 용서해주세요. 다시는 절대로 거짓말 안 할게요."

"안 돼, 당장 집에서 나가! 난 거짓말하는 애와 같이 살 수 없어."

"아빠! 용서해주세요. 저도 인생을 제대로 살아보겠어요."

'산다.' 예훈이의 이 말에 정색했던 아빠는 웃고 말았답니다. 저물어가는 해를 마감하고 새 아침이 밝기를 기다리면서 예훈이의 애원하는 울음소리를 몇 번이고 되새겨봅니다. '인생을 제대로 산다. 사람답게 산다.'

문득 도스토예프스키의 〈죄와 벌〉에 나오는 한 장면이 연상

떠오릅니다. 우수한 한 젊은이가, 자기의 목표를 달성하기 위해서라면 사회에 쓸모없는 고리대금업을 하는 노파를 죽이고 돈을 빼앗더라도 용서받을 수 있다고 생각하지요. 그리고 이런 생각을 실행한 라스콜리니코프에게 소냐는 "일어나세요! 십자로에 꿇어앉아 당신이 더럽힌 대지에 엎드려 입을 맞추세요" 하며 자수를 권하지요.

가난한 소냐는 몸을 파는 창녀였지만 이때의 그녀의 태도에는 사람다운 사람, 존엄한 인간 본연의 자세가 가장 잘 드러나 있다고 할 수 있습니다. 자수하고 회개하면 신이 용서하리라는 믿음 – 이 믿음이야말로 사람답게 사는 기본이 아닐까요. 그후 라스콜리니코프와 소냐는 시베리아 유형지에서 인간의 존엄을 긍정적으로 새기면서 거짓 없는 인생길을 자신있게 걸어갑니다.

여러분! 우리 함께 무엇이, 어떻게 사는 것이 인간다운 삶인가 되새기면서 새벽녘 창문을 활짝 열고 새 아침의 맑은 공기를 흠뻑 들이마셔봅시다. 예훈이에게, 자라나는 어린이들 모두에게 신의 축복이 있기를…. (2000 . 01)

일기를 씁시다

　새해가 되면, 적지 않은 사람들은 공통된 숙제를 안게 되지요. 일기日記와 편지 쓰는 일이 그것입니다. 조금이라도 자기 인생을 소중히 여기며 살아가는 이라면, 제 얼굴을 거울에 들여다보듯이 자기 삶을 객관적으로 보지 않고서는 못 배기지요. 그래서 어떤 이는 가까운 친구, 애인, 존경하는 스승, 선배들에게 편지를 씁니다. 편지는 받는 사람을 위한 것이지만, 그 내용은 결국 자기 자신의 이야기로 시종하지요.

　일기에 관해서 생각해봅시다. 정초正初에 '금년 일 년, 일기를 쓰도록 해야지…' 하고 마음먹는 사람들이 적지 않지요. 그러면서도 한 달, 고작해서 두 달을 이어가지 못하고 흐지부지되는 경우가 대부분 아닌가 합니다. 그래서 일기를 통해서 후세에 남는 글을 쓴 이에게는 남다른 존경심을 갖게 되지요.

겨울

톨스토이는 스무 살 이전부터 시작하여 죽을 때까지 일기를 계속 썼다고 합니다. 그래서 그의 작품 이상으로 그의 일기를 통해 양심의 내부 깊이를 읽을 수가 있다고들 하지요.

    톨스토이는 일기에서 그의 마음을 좀먹는 세 개의 악마를 거론했습니다.

    첫 번째 악마는 도박賭博이었다고 했지요. 그러나 도박의 유혹은 그런 대로 능히 싸워서 이겨낼 수 있었다고 했습니다.

    두 번째 악마는 육욕肉慾이었는데 이것과 싸우기가 매우 힘들었다고 했지요. 스무 살 고개를 넘을 무렵, 성욕을 가눌 길 없어 자위自慰할 때도 있었나 봅니다. 아직도 기본적인 인격이 형성되기 전 – 아름답게만 보이는 이성異性과의 성적 교섭 – 동정童貞의 신비와 소중함을 알지도 못하면서, 동정과 처녀處女를 잃어버리는 젊은이들을 기록한 대목도 있습니다.

    세 번째 악마는 허영심虛榮心이라 했습니다. 이것이야말로 무서운 악마라고 소리 높이 외쳤지요. 허영심은 젊었을 때보다 나이를 먹어가면서 심해져서 특히 늙은이들은 노욕老慾과 고집을 이겨내기 힘들다 했지요.

    산다는 것은 하루하루가 새로워지는 것, 그리고 매일매일 자기를 재발견하는 것이라 했습니다. 여러분! 특히 젊은 형제남

녀 여러분! 먼 훗날 읽게 되면 인생의 큰 즐거움이 될 일기 쓰기를 권합니다. (1999 . 02)

잊을 수 없는 연설

1945년 10월 14일. 당시 평양의 공설운동장에는 민족해방을 맞이한 이 나라의 남녀노소가 문자 그대로 구름처럼 모여들었다. '고당古堂 조만식曺晩植' 선생의 연설을 듣기 위해서였다. 그의 유명한 연설 몇 가지를 요약해본다.

"일제는 매일 낮 열두 시를 알리는 사이렌이 울리면 어디서 무엇을 하든지 간에 일손과 발걸음을 멈추고 일제가 전쟁에 이길 수 있도록 신에게 비는 묵념을 강요하였습니다. 그럴 때마다 우리 조선 사람들은 하루빨리 일제가 망하고 조선이 독립할 수 있게 하여 주옵소서, 하고 하느님에게 기도하곤 하였습니다. 하느님은 우리 조선 동포의 애절한 소원을 들어주셔서 우리를 해방시켜 주셨습니다. 그 어떤 자라도 사람의 마음까지 정복할 수 없으며 정당한 염원은 하느님의 은총으로 반드시 이루어진다는 것을 실증하였습니다."

"어제까지 백두산 천지에서 흘러내리던 물은 일제의 질곡에서 죽지 못해 살아가던 우리 조선민족의 피눈물이었으나, 이제부터 흘러내리는 천지의 폭포수는 해방을 맞이한 우리 동포들의 기쁨의 눈물입니다."

"나는 나의 동지들과 가족들에게 다음과 같은 유언을 해두었습니다. 만약 내가 해방을 보지 못하고 죽는 일이 생긴다면 비석을 세울 때 어떤 글자도 쓰지 말고 오직 눈동자 둘만을 새겨놓아 달라고 말입니다. 한 눈으로는 일제가 망하는 것을 보기 위해서이며, 다른 하나는 우리 조선의 독립을 보기 위해서입니다."

20대 초반이었던 나는 이 연설을 듣고 큰 정신적 충격을 받았다. 그동안 우리들 또래는 부흥목사나 장로들의 설교를 들어보기는 하였으나 우리말로, 우리 민족의 기쁨과 설움을, 우리 민족이 나아갈 길을 외치는 감동적인 연설을 들은 것은 처음이었기 때문이다.

역사는 대하大河처럼 흘러간다. 때로는 반동反動할 때도 있지만, 빠르게 또 천천히 반드시 천리天理가 있는 방향으로 흘러간다. 눈앞의 물거품에 현혹되어 일희일비할 것이 아니라 물의 저류를 응시해야 한다.

금년은 국내외에서 '한국의 간디'라고 불렸던 고당이 순국한 지 50년이 되는 해이다. 고당은 왜 죽었는가. 고당의 죽음이 풍화風化되어서는 안 된다. 남다른 애국자는 못 되더라도 인생을 살아가는 목적과 의미는 알고 살아가야 한다. 우리는 역사를 전달하는 일을 해야 한다. (2000. 11)

빙그레 웃음을

"큰일입니다. 어떻게 살아요?" 요즈음 만나는 사람마다 이런 한탄을 한다. 이럴 때 살아가는 데 도움이 될 수 있는 것은 없을까? 있다면 무엇일까?

첫째로 돈을 생각하는 이가 있을 텐데, 전쟁을 겪은 세대, 지독한 인플레이션을 경험한 사람들은 돈이 별것 아니란 것을 알고 있다. IMF 파동에 휩쓸려 전 세계에서도 손꼽히던 한국의 재벌들이 하나 둘씩 쓰러지는 것을 볼 때, 돈에 대한 생각도 달라진다. 최근 이른바 '구조개혁' 바람으로 직장에서 물러나는 일꾼들이 얼마나 많은가. 회사를 평생 직장으로 알고 정직하게 열심히 일해오던 사람들이 붉은 띠를 두르고, 어깨동무를 하고, 쉰 목소리로 되풀이 되풀이 외치고 있는 것을 볼 때면 이런 것이 결코 남의 일만 같지는 않다.

겨울

영하 10도를 오르내리는 요즈음의 서울 거리에는 노숙하는 사람의 숫자가 점점 더 늘고 있다고 한다. 그런 가운데 코허리가 시큰한 이야기를 들었다. 노숙하는 처지에, 모양을 갖출 필요가 없으련만, 아침 일찍 일어나 고양이 세수일망정 깨끗이 하고, 머리도 빗고, 옆에 있는 사람들과 일일이 아침인사를 하며 악수를 청한다는 어느 노숙자의 이야기다. 라면이라도 같이 먹을 때면 그는 잠시 눈을 감고 기도를 드린다고 한다. 이처럼 예절이 몸에 밴 이가 노숙자 중에 있다는 것이다.

말로는 표현하기조차 어려운, 참으로 사람살이의 밑바닥 환경이건만, 결코 자존심을 잃지 않고 끝까지 자신의 인격을 지킨다는 것 – 바로 이것이야말로 이런 험난한 세상에서 살아남는 심지 心志이며 방법이 아닐까.

내일을 기약할 수 없는 극한 상황 속에서도 자기를 잃지 않는다는 것, 그리고 웃음을 만들어내어 서로 빙그레 웃는다는 것. 기쁘거나 슬프거나 곱거나 밉거나 하는 인간적인 감정, 감응성 sensibility이 퇴색하지 않는 것 – 이것이 바로 이 험난한 오늘을 살아내고 이겨내는 귀중한 열쇠가 아닐까. 웃음은 삶의 균형을 잡아준다고 했다. 잠시 눈을 감을 때, 바로 눈앞에 나타나는 불우한 이웃에게 빙그레 웃음을 보냅니다. (2001 . 02)

자기 혁명

〈샘터〉에는 창간 이래 '한국에서 발견하다'라는 난이 있습니다. 외국인들의 눈에 비친 우리의 진솔한 모습을 찾아보고자 한 난인데 그동안 가장 많이 언급해준 것은 '정 많은 민족'이라는 것이지요. 그리고 칭찬인지 비아냥인지 모르는 '빠르다'는 것도 있었습니다만 그동안 가장 많이 거론된 단점은 대강 이런 것이었습니다.

- 시간을 잘 지키지 않는다.
- 거짓말을 하고도 죄의식을 가지지 않는다.
- 공公과 사私를 잘 구별하지 못한다.
- 강자에 약하고 약자에 강하다.
- 체면치레에 너무 많이 낭비한다.

겨울

일찍이 도산島山 안창호 선생님은 일본이 우리를 망하게 한 것이 아니고 우리 힘이 부족하고 우리가 잘못해서 일본한테 국권을 빼앗겼다고 하였지요. 그리고 '민족이 번영을 누릴 수 있는 힘의 바탕은 인격의 함양'에 있다고 역설하였습니다.

　우리가 자주 이용하는 공중목욕탕을 떠올려봅시다. 수건, 일회용품 등이 널려 있는 어지러운 바닥에 아이들의 소란이 겹쳐 그야말로 난장판입니다. 이런 장면을 볼 때마다 인격 없는 우리 자신이 낭비하고 부도덕하여 IMF를 끌어들인 건 아닐까 하는 생각이 드는 것이지요.

　인도의 한 사원에는 중앙에 예배자들의 등걸이대가 마련되어 있다고 합니다. 그러니까 예배자들이 켜들고 간 등불을 하나씩 하나씩 올려놓아서 마침내 1천 개가 되었을 때 예배가 시작된다는 것이지요. 우리도 한 사람 한 사람 각자가 인격의 등피를 닦고 검약의 등불을 켭시다. 그리하여 '너와 나'의 불무리로 이 어두운 경제를 밝혀나가도록 합시다. [1998. 02]

IMF 체제는 벗어났지만 여전히 우리 사회에는 거품이 존재하고 있습니다. 인격의 등피를 닦고 검약의 등불을 켜는 일은 아직도 우리에게 필요한 과제입니다.

잊은 건 없는가요

어떤 노래 가사 가운데 '돌아보지 마라. 후회하지 마라' 는 대목이 있지요. 그러나 필자는 '뒤돌아보라, 후회하기 전에' 라고 말하고자 합니다.

물론 뒤돌아보지 않는다면 앞으로 나가는 힘은 배가 될 것입니다. 그것도 후회하지 않는 돌진이라면. 허나 인생은 때때로 뒤돌아보고 잘못 들어선 길이라면 바꾸어야 후회를 줄일 수 있습니다. 늦었다고 생각되었을 때가 도리어 이른 때라는 격언도 있지 않은가요?

일상사에서도 그렇습니다. 통화를 마치고 공중전화 부스를 나설 때, 은행이나 호텔에서 나올 때, 지하철이나 택시에서 내릴 때, 뒤돌아보지 않아서 지갑이나 가방, 서류 봉투나 우산, 심지어 열쇠를 두고 나와 낭패를 당한 적은 없는지요?

집에서 나설 때도, 회사에서 퇴근할 때도 가스를 켜두지는 않았는지, 전열기 스위치는 제대로 껐는지 다시 한 번 돌아보아야겠지요. 옷차림만 해도, 바지 지퍼만 해도 다시 돌아보지 않아서 망신당한 일이 있지 않은가요?

얼마 전 인천 한 병원에서 MRI 자기공명영상 촬영 캡슐 속에 스물아홉 시간이나 환자를 놔둔 채 퇴근했다는 의료기사만 해도 그렇습니다. 다시 한 번 돌아보았다면 이런 어처구니없는 일이 생겼겠습니까.

누가 쫓아오기라도 하는 양 바빠지고 들떠지는 연말이 다가오고 있습니다. 뒤돌아보고 잊고 가는 것은 없는지, 정리해야 할 일은 없는지, 몸과 마음을 함께 챙기는 달이기를 바랍니다.

(1998 . 11)

'한국 마을'의 사람들

　미국의 어느 중학교 선생님이 자신이 담당하고 있는 학생들에게 다음과 같은 내용의 메일을 보냈다고 한다.

　세계를 1백 명이 사는 작은 마을로 축소하면 어떻게 될까. 이 마을에는 57명의 아시아인, 21명의 유럽인, 14명의 남북아메리카인, 8명의 아프리카인이 살고 있다. 70명이 유색 인종이며, 30명이 백인종이다. 30명이 기독교 신자이고 70명은 기독교 신자가 아니다. 89명은 남녀 이성애자異性愛者인데, 11명은 동성애자同性愛者이다.

　여섯 명이 마을 전체 재산의 59%를 소유하고 있고, 그들은 모두 미국 국적을 가지고 있다. 80명이 평균 이하의 주거 환경에서 살고 있고, 그중에서도 50명은 영양실조로 고생하고 있으며 그나마 한 명은 빈사 상태. 나머지 한 사람은 이제 막 탄

생하고 있는 순간. 그리고 대학 교육을 받은 사람은 단 한 사람뿐이고, 컴퓨터를 갖고 있는 이도 한 사람뿐…. 이와 같이 축소된 숫자의 근거가 꼭 그대로 들어맞지는 않더라도, 이렇게 단순화해보는 것도 뜻있는 일일지 모른다.

그 선생님이 보낸 메일의 마지막 대목에는 "집에 냉장고가 있고, 며칠 먹을 수 있는 식량이 있고, 눈과 비를 막을 수 있는 지붕과 잠자리가 있으면 그 사람은 이 세계 마을에서 은혜받은 사람이다"라고 쓰여 있다.

'마하트마 간디'는 빈곤은 미덕美德이라고 했고, 빈곤은 극복할 수 있으나 무지無知는 불치병이라고 했다. 가난한 나라는 없어지지만 무지한 나라는 없어지지 않는다고도 했다.

깊어가는 겨울밤, 첫 추위가 찾아오는 새벽녘, 우리 한국 마을의 사람들은 어떻게 살고 있을까, 어떤 생각을 하며 살아가고 있을까. (2001. 12)

191

"당신들은 모두 양반이오"

갑신정변으로 조선조 500년을 단숨에 개혁하려다가 실패한 서재필徐載弼. 그 후 10년간에 걸친 미국 망명생활을 끝내고 귀국해 그가 처음으로 민중 앞에서 한 말은 "당신들은 모두가 양반이오"였습니다. 이 말은 만민평등사상을 뜻한 것이라고 할 수 있지요.

한 걸음 더 나아가서 서재필 박사의 말씀 속에는 '민주주의란 모두가 상놈이 되자는 것이 아니라 모두가 양반이 되자는 것이오'라는 의미가 담겨 있지요. 사회와 인간을 높은 차원으로 끌어올리려는 서재필 박사의 민주의식이 우러러 보입니다. 서재필 박사는 손아래 후배들한테도 존댓말을 썼다고 하지요.

1947년 3월 10일은 도산 안창호 선생의 10주기였습니다. 당시 명동 시공관에서 있었던 추도식에는 이승만, 김구, 서재필 선생 순으로 추도사가 있었습니다.

맨 먼저 이승만 박사는 조국 광복을 못 보고 돌아가신 도산 선생을 애석해하며 눈물을 지어 만장을 울음바다로 만들었습니다. 다음 김구 선생께서는 두루마리로 정성껏 써오신 추도문을 낭독하셨지요. 세번째로 등단하신 서재필 박사는 다소 떨리는 목소리로 이렇게 시작하셨습니다.

"사랑하고 존경하는 우리 한인 동포 여러분! 우리 한인들에게는 한 가지 나쁜 버릇이 있습니다. 사람이 살아 있을 때는 모략하고 비난하고 마음을 합하지 못하면서, 사람이 죽으면 울고불고 어쩔 줄을 모릅니다. 독립하는 나라의 국민은 이래서는 안 됩니다…."

서재필 박사의 유해가 조국 땅에 43년 만에 돌아왔습니다. 그 어른의 공적이나 그가 우리 겨레에서 남긴 유산은 이미 많이, 또 널리 알려져 있습니다. 그가 주동이 되어 세운 독립문도 서대문에 남아 있습니다.

여러분! 국립묘지에 안장되는 서재필 박사님의 무덤을 찾아, 그 어른이 산 세월과 겪으신 고난 그리고 남기신 말씀들을 한번 되새겨보지 않으시렵니까. (1994 . 05)

서재필 기념공원도 선생이 태어나 어린 시절을 보낸 전남 보성의 생가 근처에 조성되었다고 합니다. 선생의 유해가 한국으로 옮겨지면서 공사에 들어간 지 10여 년 만입니다. 기념관에는 독립운동가이자 한국 최초의 서양의사 등으로 활동했던 사진과 유품 등 갖가지 자료 170여 점이 전시되고 있습니다.

◀ 겨울

우리는 어디로 가고 있는가

정치 계절이 되었나 보다. 한 표라도 더 얻기 위해서 동분서주하는 입후보자의 심중이 어떨지 짐작이 된다. 그러면서도 선거에 마음과 시간을 빼앗겨 천하대세天下大勢를 가늠하지 못하면 어떡하나 걱정도 된다. 선거 때가 되면 정치가statesman가 정치꾼politician이 된다는 말도 있지 않은가.

오늘날의 세계는 인류 역사상 극히 드문 변화의 시대를 맞고 있다. 특히 우리나라를 향해 몰려오는 국제 조류는 심상치 않다. 이러한 정황 속에서 내일이야 어떻게 되건 내 알 바 아니라며 그저 자신의 안락만을 추구하는 사람들이 있는가 하면, 이 나라가 잘못되는 것은 아닐까 잠 못 이루며 걱정하는 사람도 많다.

우리나라는 지금 어디로 가고 있는가, 어디로 가려고 하고 있는가. 격동하는 국제사회 속에서 우리나라를 어떻게, 어디에 자리 매김할 것인가. 안전보장 문제와 더불어 역사, 정치, 경제, 문화 등 모든 면을 고려했을 때 진정 우리의 동맹국은 누구이고, 누가 적이 될 것이며, 누가 문제를 일으킬 소지가 있는가. 즉 우리의 국제전략國際戰略을 묻고 있는 것이다.

최근 세계의 국가 수뇌들은 빈번히 만나고 있다. 수뇌외교는 지적 능력과 정치철학을 보여주는 최대의 기회이며 또 결전장이기도 하다. 유일한 최대 강국인 미국 수뇌와 초강대국 후보인 중국 수뇌가 만나는 것 — 비록 의견이 일치하지는 않더라도 책임 있는 두 강국의 대화는 주변 정세에 미치는 영향이 적지 않다. 국가 수뇌 사이에 대화가 되고 안 되는 것, 심상히 넘겨버릴 일이 아니다.

"트러블trouble이 있을 때, 트래블travel한다." 헨리 키신저의 말이다. 실제로 골치 아픈 일이 있으면 외국으로 여행 가는 수장이 없지 않다. 우리 한국도 진공상태로 있어서는 안 된다. 본래 국가나 조직은 힘이 있어야 존재할 수 있다. 힘, 이것이 세계정치의 현실이다.

역사적으로 보아 초대국과 국경을 접하고 있을 경우에 현명한 나라는 먼 곳에 있는 강대국과의 관계를 소홀히 하지 않았

다. 21세기 한국의 국가상 國家像, 전략을 생각게 하는 정치 계절이다. (2006 . 06)

어디로 가는지 방향을 모르면 어떠한 도로도 당신을 목적지까지 데려다 줄 수 없습니다.

_ 헨리 키신저

사랑할 수 있는 나라

애국심 – 나라를 사랑하는 마음은 어떤 때에 생겨나는 것일까. 애국심은 연애 감정처럼 맹목적인 것일까. 애정이 깊어질수록 고민도 늘어갈 수밖에 없다. 나라를 진정으로 사랑하는 사람은 나라의 오늘과 내일에 대해 깊이 생각하느라 잠 못 이루기도 한다.

애국심은 절로 생기는 것인가? 제 나라의 전통과 역사, 문화를 사랑하는 환경이 애국심의 배양터라고 한다. 과학에는 국경이 없지만 과학자에게는 조국이 있다. 자신의 성과가 제 나라에 귀속하는 것이라고 여기기 때문이다. 예술가도, 체육인도, 학자와 연구가들도 다 마찬가지다. 애국심은 제 나라를 멀리 떠나서 살고 있는 동포들에게는 더욱 간절한 모양이다. 이번 독일 월드컵 때 세계 각지의 동포들이 목이 터져라 외치던 '대

~한민국'의 함성은 오래오래 여운을 남긴다. 애국심은 선동의 대상이 아니라 마음속에서 우러나오는 진솔한 심정이다.

자기 나라밖에 모르는 사람은 자기 나라도 제대로 모른다고 하였다. 국경을 초월해 개인과 개인, 문물과 문물의 교류가 하루가 다르게 빠른 속도로 진행되고 있는 오늘의 세계에서 나 홀로 애국주의는 결코 애국의 지침이 될 수 없다.

애국심은 불량자들의 최후의 피난처라는 유명한 말도 있다. 애국심은 아름다운 보석도, 독약도 될 수 있다. 애국에는 위험도 있고, 영광도 있다. 한국은 나라를 지탱할 힘이 없어 나라를 잃었지만, 일본은 그 나라의 애국자들이 망쳤다는 말은 깊이 새겨 둘 교훈이다.

나라의 힘 – 국력의 기초는 영토에서 점점 테크놀로지로 옮겨가고 있다. 교육의 질이 얼마나 높은가, 고도의 전문 지식과 기능을 가진 사람이 얼마나 있는가에 따라서 국력의 크기가 정해지는 세상인 것이다. 나라 사랑이란 곧 국민 개개인이 자신이 지닌 역량을 아낌없이 쏟아 부어 진정으로 사랑할 수 있는 나라를 만드는 일이다. 사랑할 수 있는 나라가 있고, 사랑할 수 있는 사람들이 살고 있는 곳에서 애국심은 절로 생기는 것이리라. [2006 . 09]

긴 긴 겨울밤에

또 한 해가 저물어간다. 어느덧 겨울이다. 겨울밤은 길다. 생각도 깊어지는 계절이다. 나는 가끔 생각한다. 나는 왜 젊었을 때 지금과 같은 생각을 하지 못하였던가, 그리고 지금은 왜 젊었을 때의 마음으로 돌아갈 수 없는 것일까.

나로부터 우정이나 감사를 받을 가치가 있는 사람 중에는 이미 세상을 떠난 분이 많다. 그러나 결코 그 사람들을 잊어버릴 순 없다. 나는 그분들을 위해서라도 보다 더 정성스럽게, 보다 더 훌륭하게 우정과 감사를 지불해야 한다.

체력과 기력은 결코 차용借用할 수 없으나 나에게는 아직도 격정과 미련과 체온이 남아 있지 않은가. 피부의 기름기가 가시고 활기가 쇠하였다고 하지만 그래도 아직은 정열의 맥박이 뛰고 있음을 감지感知할 수 있지 않은가.

지금과 같이 타락한 시대, 혼미스러운 정황 속에서 오만과 무지가 날뛰고 있을 때 민중으로부터 좋은 평판이나 인기를 얻는 것 또한 위험한 일이다. 만사가 손에 잡히지 않고 가슴이 답답할 때 "먼 곳을 보라"고 한 철인이 있다. 먼 곳을 보라는 뜻이 무엇이겠는가. 외부의 일들, 자연의 변화하는 모습, 동서고금의 역사 등을 관찰하고 이해하라는 말일 게다. 사람의 눈은 가까운 곳만을 보기 위해서 있는 것이 아니리라. 광활한 천지, 기나긴 역사를 두루 살피기 위해서 있다고도 하였다. 괴테는 눈을 감고 있을 때가 더 잘 보인다고 했다.

　긴 긴 밤, 잠 안 오는 밤, 나라와 세계를 깊이 있게 생각해보자. 소망에 비례하여 고뇌도 크다고 했다. 기도하고 고뇌하며 해를 보내려 한다. 밤이 깊어갈수록 새 아침은 가까이 다가오리니…. (2003. 12)

그리고… 봄

살아라, 자라라, 꽃피어라, 소망하라,
사랑하라, 기뻐하라, 새싹을 터라, 헌신하라
그리고 사는 것을 두려워하지 마라.

_ 헤르만 헤세

황주리, 〈식물학〉, 46×53cm, 캔버스에 아크릴, 2006

봄과 같은 사람이란 어떤 사람일까 생각해봅니다. 그는 아마도 늘 희망하는 사람, 기뻐하는 사람, 친절한 사람, 명랑한 사람, 온유한 사람, 생명을 소중히 여기는 사람, 고마워할 줄 아는 사람, 어려움 속에서도 희망과 용기를 새롭히며 나아가는 사람일 것입니다.

〈샘터〉를 받으면 제일 먼저 읽는 뒤표지 글이 좋아 늘 내 마음의 앞자리로 모셔오곤 했습니다. 보물을 찾듯이 기쁨과 행복을 찾으라는 말씀, 인사를 잘하라는 말씀, 무언가에 재미를 붙여보라는 말씀을 되새기며 삶의 지혜를 배웁니다.

이해인_ 수녀, 시인

행복의 실체

우리네 4월, 5월은 참으로 좋은 계절입니다. 이때가 되면 결혼 청첩장이 부쩍 많이 날아듭니다. 주례를 청해오는 빈도도 늘어납니다.

주례하는 사람의 말일랑 한결같지요. 평생 동안 – 검은 머리가 파뿌리 될 때까지 행복하게 살라는 것이지요. 행복! 행복한 인생이기 위해서는 어떠해야 하는가?

　○ 확고한 인생관을 가질 것

　○ 좋은 배필을 만날 것

　○ 좋은 직업을 가질 것

　○ 그리고 우선 건강할 것

등을 주례할 때마다 기도하듯이 되풀이하곤 합니다.

그런데 행복은 찾으려고 할수록 멀어진다고 말한 철학자가 있습니다.

"지식 속에서 행복을 찾으려고 했지만 찾은 것은 환멸뿐이었소. 여행에서 행복을 찾으려고 했지만 싫증밖에 찾지 못했소. 돈을 벌려고 애를 써보았지만 친했던 친구마저 멀어졌소. 그러던 어느 날, 갓난아기를 안은 젊은 여성이 작은 차 속에서 남편을 기다리고 있는 것을 보았소. 얼마 안 있어 그녀의 남편이 기차에서 내려 그들에게 다가갔소. 그는 먼저 아내에게 정답게 키스를 하고, 잠들어 있는 갓난아기가 깰세라 숨을 죽여가며 볼에 입을 맞추더군요. 이어서 그 가족은 차를 타고 어딘가로 가버렸지요."

철학박사는 바로 그 순간 행복의 실체를 알게 되었습니다. 행복이란 어느 먼 곳에 숨어 있는 것이 아니라 평범한 일상생활 속에 그 씨앗이 자라나고 있음을 느끼게 되었다고 했습니다.

개나리, 진달래, 철쭉, 목련꽃이 다투어 피어나는 우리네 화창한 봄철에 짝지어 인생의 첫 발을 내딛는 젊은 남녀들, 행복의 실체를 생각하며 자신 있게 걸어가소서. (2004 . 05)

신이 우리에게 절망을 보낸 이유

목련과 벚꽃은 황사 바람에 날려 다 지고 라일락, 철쭉, 영산홍이 오랜 가뭄으로 목타게 기다렸던 봄비를 맞아 윤기가 나고 물이 오르기 시작할 때, 나는 생각지도 않았던 큰 수술을 받았습니다. 병상에서 누웠다 일어났다를 되풀이하면서 그 아까운 봄날을 보내야 했습니다.

이럴 때 나도 모르게 찾는 이가 있었습니다. 헤르만 헤세 Hermann Hesse입니다. 그이가 남긴 말들입니다.

"이 세상은 음산하게 보일지 몰라도 봄이 오면 모든 꽃들이 영원한 생기를 머금고 웃음을 보내줍니다."

"내일이라도 독가스에 뒤덮일지 모르는 이 (흉흉한) 세상에서 꽃들만이 정성 들여 잎과 꽃잎을 어김없이, 아름답게 만들어냅니다."

그리고… 봄

"작고 파아란 나비 한 마리가 바람에 날려 왔다가 어딘가로 또 날아갑니다. 착한 사람에게 행복을 전달하기 위해서…."

우리네 봄의 화제는 밝은 이야기보다 어두운 것이 더 많았습니다. 연일 되풀이해 신문에서, TV에서, 국회에서, 검찰에서 전해오는 부정과 거짓과 도망….

"신神이 우리에게 절망을 보내오는 것은 우리를 죽이려고 해서가 아니라 우리 속에 생명을 불어넣기 위해서입니다"라고 헤세는 읊었습니다. (2002. 06)

무엇에든 재미를 붙여보세요

2002년에 노벨 물리학상을 받은 고시바 마사토시 小柴昌俊 박사의 수상 이유는 '뉴트리노 천문학의 창시'입니다. 뉴트리노는 우주의 수수께끼를 풀어줄 신비의 소립자 素粒子로 알려져 있는데, 고시바 박사가 초신성 超新星. 별의 진화 과정에서 마지막으로 대폭발을 일으켜 태양의 천만 배에서 수억 배까지 밝아지는 별에서 나오는 아주 작은 분자를 감지할 수 있는 뉴트리노 탐지기를 만들어 중성미자 中性微子를 관측하는 데 처음 성공한 것입니다.

고시바 박사는 우주 방사선을 피하기 위해서 1천 미터 지하의 폐광 터에 5천 톤 규모의 물탱크로 된 실험 시설을 만들어 연구를 시작한 이후 실로 20년 동안 '한 우물'을 팠습니다. 그 결과 마침내 태양 내부를 관측할 수 있는 길을 열었고, 우주와 물질의 비밀을 파헤치는 데 반드시 필요한 뉴트리노를 찾아냈습니다.

고시바 박사가 청소년에게 주는 말을 몇 마디 소개합니다.

"지금까지 자신이 알지 못했던 것을 알게 되었을 때처럼 기쁜 때는 없었습니다."

"무엇에든 재미를 붙여보세요. 재미있다는 것이 모든 일의 원동력입니다."

"과학자에게는 그 재미를 찾는 감성이 중요합니다."

"일류 인물과 이류 인물 사이에는 엄청난 차이가 있다고 생각합니다. 제일 큰 차이는 겸허입니다. 겸허한 사람은 자기가 알고 있는 한계를 알고 있는 사람입니다. 흔히 머리가 좋다고 자부하는 사람일수록 그 한계를 모르는 이가 많습니다. 결국 이류 인물로 끝나게 되지요."

"나는 도쿄대학을 거의 꼴찌로 졸업했습니다. 지금 생각하면 그것이 나에게 좋았던 것 같아요. 내가 다른 동료보다 머리가 좋지 않다고 생각했기 때문에 모르는 것이 있으면 서슴지 않고 그 방면의 전문가에게 배우려 했지요."

뭔가 재미있어서 하는 정신, 자기의 한계를 아는 겸손―이것이 무슨 일에나 대성할 수 있는 원동력이라는 것을 상기하면

서 새봄을 맞이합시다. (2003 . 04)

2002년 3월 도쿄대 졸업식. 축사를 하기 위해 단상에 오른 고시바 마사토시 명예교수가 환등기의 스위치를 켰습니다. 화면에는 그의 도쿄대 졸업성적 증명서가 비춰졌지요. 양양가가양양양…. 16과목 중 14과목이 '양' '가' 로 채워진 성적표를 가리키며 66세의 노학자는 말했다고 합니다.

"학업 성적이란 배운 것을 이해하는 수동적 인식을 말합니다. 그러나 중요한 것은 스스로 해결책을 찾아내는 능동적 인식입니다."

_ 그의 저서 〈하면 된다〉 중에서

노란 손수건

'노란 손수건'을 아시겠지요. 그것은 소설이 아니라 실제로 있었던 실화입니다. 소설은 가공한 것이기 때문에 읽을 때 아무리 감동이 컸더라도 읽고 나면 어딘지 공허함을 느끼게 되지만 '노란 손수건'은 따뜻하고 코허리가 시큰한, 눈시울을 적시는 이야기지요.

사람은 기쁘고 즐겁게 살아가야 하지요. 그러나 한편으로 슬플 때 진정으로 슬퍼하고, 울고 싶을 때 한껏 울며, 가슴 아플 때 뼈저리도록 아파하고, 감격을 느낄 때 온몸이 떨리도록 절규함으로써 자기의 몸과 마음을 싱싱하게 활성화할 수 있는 것이 아닐까요.

'노란 손수건' 속에는 해변가로 놀러가는 청춘 남녀가 나옵니다. 그들이 까불대며 조잘거리는 버스칸 한구석에는 시종 입을 굳게 다물고 창문 밖만을 응시하고 있는 한 중년 사내가 있었지요. 그는 4년간의 감옥 생활을 마치고 석방되어 집으로 돌아가는 길이었습니다.

바로 이 버스 안에서 극히 인간적인 드라마가 전개됩니다. 거기에는 노래와 침묵, 긴장과 스릴이 있고 어둠과 빛, 눈물과 기쁨이 있습니다. 그리고 마침내 진정한 사랑의 징표 – 노란 손수건이 100개, 1,000개 바람 속에 물결칩니다.

〈지옥의 문〉〈생각하는 사람〉 등 불후의 명작들을 남긴 조각 예술가 로댕Rodin을 아시나요. 그가 남긴 수첩 속에 다음과 같은 글이 있습니다.

"오늘날 절실히 필요한 것은 표면적인 종교나 예술의 유행이 아니라 감동하는 것, 사랑하는 것, 희망하는 것, (감격하여) 몸을 부들부들 떠는 것 – 그리고 사는 것이다. 예술가이기 이전에 인간이어야 한다."

서울 동숭동 대학로의 샘터사옥 앞에는 플라타너스 거목이 자리잡고 있습니다. 〈노란 손수건〉 100쇄를 기념하여 플라타너스 나뭇가지마다 노란 손수건을 100개, 1,000개 만들어 한동안 걸어놓았지요.

우리 사회에는 아픔을, 괴로움을, 억울함을 느끼고 사는 이가 많지요. 남의 아픔을 대신할 수는 없지만, 그들에게 측은한 마음을 가질 수는 있지요. '노란 손수건'이 보여주는 용서하는 마음, 측은해하는 마음은 인간 본래의 것이니까요. (1999. 06)

희망의 문은 열려 있다

스티븐 윌셔Stephen Wiltshire는 19세 된 영국 태생의 화가입니다. 세 살 때 자폐증自閉症이란 진단을 받고 다른 사람과 시선을 마주치는 일조차도 피하면서 살아왔습니다. 지금까지도 자기가 먼저 남에게 말을 거는 일은 거의 없다고 하지요.

그림을 그릴 때 그는 대상을 응시합니다. 그다음에는 그것을 보지 않고 기억을 따라 단숨에 그린다고 합니다. 사람들은 다들 그 정밀함에 놀란다는 것이죠.

윌셔는 네 살 때부터 유아원에 다녔으나 말은 하지 못합니다. 또 자기 주변에서 생긴 일에도 거의 관심이 없어 그저 종이 조각이 눈에 띄기만 하면 갖고 다니는 연필로 그림을 그렸다고 합니다. 그렇기 때문에 유아원이나 초등학교 선생님들이 차례차례 그림을 그릴 것을 권하여 윌셔가 가장 필요한 것, 원하는 것을 그림으로 표시하면서 의사를 통해왔다고 합니다.

15세까지의 작품을 모은 화집에는 런던, 뉴욕, 파리 등의 거리 풍경이 연필이나 펜으로, 확실한 필치로 그려져 있다고 합니다. 지금 영국에서 열리고 있는 그의 개인전에서 그의 화집이 날개 돋친 듯 팔리고 있다는 소식입니다. 화집에 나오는 그림들 중에 길거리를 오고 가면서 본 학교나 도서관의 건물 등이 많이 나오고 있는 것으로 보아서 그가 건축물에 흥미가 많았음을 알 수 있습니다.

저마다 타고난 자질과 능력을 애정과 적절한 지도로써 키워나갈 때, 본인 자신뿐만 아니라 많은 사람들이 기쁨과 충만감을 얻게 됩니다.

새봄을 맞아 자폐증을 이겨내고 당대에 주목을 받는 화가로 성장한 스티브 윌셔에게서 같은 처지에 있는 우리의 소년 소녀들이 용기를 얻고 희망에 넘치는 인생길을 걸어나가기를 바랍니다. (1994 . 02)

스티븐 윌셔는 이제 30대의 청년이 되었습니다. 사진기 같은 기억력과 사실적인 그림 솜씨로 세계적 유명인사가 되었고, 2006년에는 영국왕실로부터 훈장도 받았다고 하네요.

세상에서 가장 귀한 것

언젠가 유치원 구경을 간 적이 있습니다. 마침 선생님이 원아들더러 자기 집의 보물을 한 가지씩 말해보라고 하더군요.

아이들은 너도나도 자동차, 금반지, 컴퓨터, 피아노, 아빠 카드, 엄마 모피 코트 등을 주워섬겼습니다. 그런데 구석에 앉아 있던 아이가 뒤늦게 큰소리로 "울 엄마요!" 하는 게 아니겠어요. 그러자 이제까지 다른 보물을 들먹였던 아이들도 일제히 "맞아요, 울 엄마요!" 하고 합창하는 것이었습니다.

그렇습니다. 어린이들에게 어머니보다 소중한 보물이 어디 있겠습니까. 이 세상에서 가장 행복한 터는 무어라 해도 어머니의 품입니다. 우는 아기는 다른 사람의 비싼 모피보다도 고기 비린내가 날망정 자기 어머니의 무명치마 품 속에서 새근새근 편안히 잠들지 않던가요?

🔑 그리고… 봄

어머니의 무게는 지구 무게에 버금간다는 말도 있지요. '계절의 여왕' 5월도 사실은, 카네이션 한 송이를 올릴 수 있는 '어버이날'이 있기 때문에, 어머니의 그리움을 되돌아볼 수 있기 때문에 더욱 아름다운 것이 아닐까요. 김유신, 한석봉, 이율곡, 안중근을 비롯하여 우리 역사를 빛낸 분들의 뒤에는 한결같이 위대한 어머니가 있었습니다.

  어머니의 힘이 지금처럼 절실한 때가 없다고 봅니다. 흔히들 절박한 응원을 할 때 '젖 먹던 힘까지 내라'고 하지 않습니까. 바로 이 젖 먹던 힘에 대한 아련한 추억과 그리움을 고백한 '어머니 이야기'를 담은 책이 〈신은 모든 곳에 있을 수 없기에 어머니를 만들었다〉입니다. 이 책에는 피천득, 김수환, 법정, 이해인, 조수미, 이홍렬 씨 등 우리 시대 각계 각층 44인의 눈물 없이는 읽을 수 없는 글들이 실려 있습니다. 일독하시면 평화와 함께 새 힘이 샘솟으리라 믿습니다. (1998 . 05)

눈이 마주칠 때면

　이른 아침, 산책을 하노라면 자주 만나는 얼굴들이 있습니다. 만난다는 것은 눈과 눈이 마주친다는 것이죠.

　'눈은 입만큼이나 많은 말을 한다'는 말이 있습니다. 시선이 마주치면 무엇인가 상대편에게 의사意思가 전달됩니다. 영어로는 흔히 '아이 콘택트eye contact'라고 하죠. 이런 행위에도 동양 사람과 서양 사람 사이에는 큰 차이가 있음을 느낍니다. 나는 눈이 마주칠 때마다 "안녕" "굿모닝" 하고 아침 인사를 보내곤 했습니다.

　이에 대한 반응이 재미있습니다. 대부분의 서양인들은－백인이건 흑인이건 간에－눈이 마주치면 곧 '굿모닝!' '하이!'가 절로 나옵니다. 그러나 대부분의 동양 사람들은 눈이 마주치더라도 별다른 표정을 보이지 않습니다. '알지도 못하는 자가 아는 척하니 싱거운 사람 다 보았다' 는 기분인 모양이죠.

처음 보는 사람끼리라도 가벼운 인사 한마디 주고받는 분위기, 굳이 말로 하지 않더라도 눈이 마주치면 가벼운 웃음이 절로 나오는 인간관계 – 바람직하지 않습니까? 시선의 배경에 있는 타인에 대한 겸손, 사양하는 마음씨, 이런 것이 오히려 동양적인 예절이 아닐는지요.

오늘날과 같은 국제화 시대에는 외국 사람들에 대한 자기 표현법도 개발할 필요가 있습니다. 더욱이 우리끼리 살아가고 있는 단일민족 사회에서 비록 모르는 사이에서라도 눈이 마주칠 때 주고받는 따뜻한 감정 표시! 여러분들도 시작해보지 않으시렵니까? (1994 . 03)

영원한 소년 피천득

샘터에서 피천득 선생님의 책 두 권을 냈습니다. 〈인연〉과 〈셰익스피어 소네트 시집〉입니다.

선생님은 도시 나이를 세려고 하지 않으십니다. 나이를 잊으셨을지도 모르겠습니다. 선생님은 그저 5월이 오면 5월 속에, 9, 10월 가을이 오면 가을 속에 머물 뿐이라고 하시지요. 선생님에게 5월은 밝고 맑고 순결한 달, 앵두와 어린 딸기의 달, 모란꽃 피는 달이라 하셨습니다.

선생님은 나이를 잊은 영원한 소년입니다. 선생님이 기다리는 것이 있다면 계절이 바뀌는 것, 희망이 있다면 봄을 다시 보는 것이라 하셨습니다. 봄의 따스한 햇빛을 강장제라 하셨고 봄의 흙 냄새를 토닉 tonic이라 하셨지요. 선생님께서 좋아하시는 말은 이른 봄〔早春〕, 싫어하시는 말은 춘궁 春窮이지요.

선생님 글은 여성의 미美에 대한 찬가로 수놓아져 있습니다. "여성의 아름다움은 생생한 생명력에서 온다. 맑고 시원한 눈, 낭랑한 음성, 처녀다운 또는 처녀 같은 가벼운 걸음걸이, 민활한 일 솜씨, 생에 대한 희망과 환희, 건강한 여인이 발산하는, 특히 젊은 여인이 풍기는 싱싱한 맛, 애정을 가지고 있는 얼굴에 나타나는 윤기, 분석할 수 없는 생의 약동." 이런 것들이 여성의 미를 구성한다고 하셨습니다.

선생님께서 마음에 두고 계시는 여인이 누구일까요? 르누아르 화집 속에 나오는 '밀짚모자를 쓴 처녀' – 사과처럼 매끈매끈하고 포동포동하고 탄탄한 살결의 주인공일까요. 또는 명화 〈카사블랑카〉나 〈누구를 위하여 좋은 울리나〉에 나오는 잉그리드 버그만일까요. 그도 아니면 '인연'의 주인공인 '아사코'이거나 선생님의 따님 서영이와 인형人形 난영일까요.

선생님의 책 〈인연〉의 마지막 글 속에 이렇게 쓰여 있습니다. "먼 훗날 내 글을 읽는 사람이 있어 – 사랑을 하고 갔구나 하고 한숨지어주기 바란다"고요.

잉그리드 버그만의 묘비명에는 "이 여인은 인생의 마지막 날까지 연기를 계속하였다. 멋있는 여우女優, 여기에 잠들고 있다"고 쓰여 있답니다.

선생님은 셰익스피어 〈템페스트〉 1막2장, 에머리엘의 노래에 나오는 '산호와 진주' – 깊고 깊은 바다 속에 너의 아빠 누워 있네. 그의 뼈는 산호 되고 눈은 진주 되었네 – 를 평생토록 주워오셨습니다.

　'영원한 소년' – 선생님! 부디부디 오래오래 건강하셔서 하느님 나라 가실 때까지 '산호와 진주'를 하나라도 더 많이 주우셔서 저희들에게 나누어주시기 바랍니다. (1996 . 07)

봄의 냄새

　몇 해 전 어머니 유택幽宅이 있는 산 속으로 이사해오면서부터 봄의 냄새를 느낄 수 있게 되었습니다. 참말이지 요즈음 같은 도시생활에서는 맛볼 수 없는 냄새입니다. 가신 분이 남겨주신 은혜로 여기며 살고 있습니다.

　그동안 늙은 아내가 가꾸어온 꽃밭이랑 채소밭 등을 이 생각 저 생각 하면서 걸어봅니다. 길 북녘 쪽에는 잔설이 남아 있어서 아직 봄의 색깔은 보이지 않으나 양지바른 곳에서는 생명의 숨소리가 들리는 듯합니다. 자연을 사랑하는 사람들에게는 즐거운 계절이 돌아온 셈이지요. 모든 것이 정해진 시기에 다시 살아나고, 어김없이 눈이 나고 싹이 트고 꽃을 피운다는 것. 당연한 것으로 여길지 모르나 생각할수록 놀라운 일이 아닐 수 없습니다.

"우리가 살고 있는 이 세상은 음산하게 보이기도 하지만, 역시 봄이 오면 모든 꽃으로부터 영원하고 즐거운 선물을 받게 된다"라고 헤르만 헤세는 말했습니다. 헤세는 정원 가꾸는 일에서 끊임없는 기쁨을 발견했습니다. 그것이 문학적 결실을 맺어 노벨문학상을 받게 되었습니다만, 더 중요한 것은 정원 가꾸기를 통해서 여러 가지 생명의 비밀을 발견하게 된 것이라고 했습니다. "자연은 관대하면서도 용서가 없는 것"이라고도 했지요.

밭두렁을 걸으면서 무엇보다도 먼저 생각하게 되는 것은 세월의 흐름입니다. 새 움이 흙을 뚫고 올라오는 이 봄기운도 쉬이 지나가고, 뒤따라올 여름이 어느덧 가을이 되는 그 빠른 변화. 개나리, 진달래, 영산홍, 모란에서 작약으로 철쭉, 장미 그리고 국화로, 모두가 그 아름다움을 한껏 뽐내다가 어느새 시들어지고, 그리하여 새 생명에게 자리를 물려주지요.

낙엽귀근落葉歸根이란 말이 있지요. 잎이 떨어져 뿌리로 돌아간다는 것, 뿌리로 돌아가 썩어서 새로운 생명력을 불어넣는다는 것, 만물은 태어나고 자라나서 번창하지만, 언젠가는 죽어서 뿌리로 돌아간다는 뜻이지요.

물은 바다로 흘러가고, 초목이 가는 길은 대지 – 땅이지요.

그러면서 다시 생명을 얻어 순환을 되풀이하면서 유유히 영원히 흘러갑니다. 아무리 작은 뜰이나 정원에서도 어김없이 소리 없이 진행되고 있는 생명의 흐름, 새봄의 냄새를 맡으면서 발걸음을 옮깁니다. (2006 . 03)

어떤 격려

인디아나 주의 작은 마을에서 일어난 일이다. 15세의 소년이 뇌종양으로 고통받고 있었다. 소년은 계속해서 방사능 치료와 화학 요법을 받았다. 그 결과 소년은 머리카락이 모두 빠지고 말았다.

이때 소년의 같은 반 친구들이 자발적으로 그를 돕기 위해 나섰다. 자기들도 삭발을 하게 해달라고 부모님에게 부탁한 것이다. 뇌종양을 앓고 있는 브라이언만이 학교 전체에서 유일하게 머리카락이 없는 학생이 되지 않도록 하기 위해서였다. 신문에는 가족들이 자랑스럽게 지켜보고 있는 가운데 아들의 머리를 삭발하고 있는 어머니의 사진이 실려 있었다. 그리고 그 뒷배경에는 똑같은 모습으로 삭발을 한 수많은 학생들이 서 있었다.

그리고… 봄

이는 〈샘터〉에 '걸으며 생각하며'를 써주고 있는 류시화 시인이 옮긴 책 〈마음을 열어주는 101가지 이야기〉 중의 한 대목입니다.

　지난 8월 6일 1시 55분, 괌의 아가냐 공항 인근 니미츠 언덕에 추락한 대한항공 여객기의 참변뿐 아니라 크고 작은 고통을 겪어나가고 있는 이웃들이 우리 주변에는 많습니다.

　어떤 격려가 진정한 힘이 되어줄 것인지 함께 생각해보았으면 합니다. (1997 . 09)

행복은 만들어가야 하는 것

사람은 즐거움을 찾는 동물이다. 다시 말하면 행복을 찾는 동물이다.

"쾌락, 기쁨 또는 행복 — 무엇이라 부르든 이것이야말로 유일한 선善이다"라고 한 철학자도 있다. "행복은 손에 잡을 수 있는 것도, 눈에 보이는 것도 아니다. 행복은 만들어가야 하는 것"이라고도 했다.

행복을 만들어가는 데는 여러 단계가 있다. 우선 눈으로 보고 귀로 듣는 단계. 자신은 행동하지 않지만 흥미 있는 것을 찾아 눈으로 보고 귀로 듣는 즐거움이 있다. 연극이나 스포츠, 음악 등이다.

이 단계를 지나면 사람은 직접 자기가 해보고 싶어진다. 감동적인 음악을 감상하는 것을 넘어 자신이 직접 마음속에서 나오는 노래를 불러보거나, 악기를 연주해보는 즐거움이 뒤따른다.

거기서 한 단계 더 나가면 자기의 솜씨를 향상시키려고 한다. 그러려면 트레이닝 – 연습, 훈련을 해야 한다. 트레이닝이란 결코 쉬운 일이 아닐 터, 절제해야 하고 때로는 힘든 연습을 되풀이해야 한다. 그러노라면 당연히 금욕이 필요하게 된다. 행복을 추구하기 위해서 금욕해야 하는 단계에 이른다. 그러나 그것은 당연한 수순이다. '행복이야말로 유일한 선'이라고 한 철학자의 말의 참뜻이 여기에 있다.

눈으로 보고 귀로 듣는 단계, 해보는 단계, 트레이닝 단계…. 행복이 깊어갈수록 고통이 따른다. 각기 행복의 단계가 다르고, 행복의 종류도 다르다. 진정한 행복은 안이한 방법으로는 얻기 어렵다. 그렇기 때문에 행복은 절로 생기는 것이 아니라 만들어가야 한다는 것이다. 사람들에게 행복을 약속하는 정치가나 종교가의 말이란, 실없는 헛소리일지 모른다. 행복은 그 누가 나누어줄 수 있는 것이 아니다. 행복을 훈련하고 학습하는 사람에게만 행복의 자격이 주어지는 것이리라.

'행복을 찾는 샘터'가 겨냥하는 것도 바로 행복을 만들어 가꾸고 키워가려는 힘든 노력임을 다짐한다. (2004 . 08)

다이애나는 행복했을까

영국의 다이애나 전 왕세자비가 불의의 교통사고로 돌아가셨지요.

그녀는 행복했을까요? 한 사람의 행복 여부에 대해 남이 말할 수는 없을 테지만 온 세계가 떠들썩하게 그녀의 죽음을 슬퍼하는 것을 보면서 이렇게 자문自問해봅니다.

먼저 '그녀는 행복하지 않았어!' 하고 생각해보지요. 결혼 당초부터 남편의 배신, 미움, 프레셔에 시달리고, 세계의 매스컴이 주시하는 가운데 파파라치라고 불리는 집요한 추적 카메라맨들의 폭로 사건과 기사 그리고 애인이었던 인간의 배신…. 이쯤 되면 보통 30대의 젊은 여성으로서는 정녕 견디기 어려운 것이었겠지요. 이 점을 생각할 때 새삼 다이애나 비에 대한 측은한 생각이 들고 '참 대단한 여성이었구나!' 하는 느낌이 듭니다.

🥄 그리고… 봄

귀족 출신으로 영국 왕실 왕세자의 아내가 되어, 세계의 이목을 끌면서 십수 년의 온갖 고초를 겪다가 겨우 한 인간으로서, 한 여성으로서 행복의 문턱에 들어서려는 찰나, 애인과 더불어 교통사고로 죽었으니….

　어떤 의미에서는 '너무나도 잘 꾸며진 극적인 생애'였다고 할 수 있겠습니다. 역사상 요절한 이들 가운데는 흔히 드라마를 안고 간 이가 많습니다. 미국의 젊은 대통령 케네디, 마틴 루터 킹 목사, 존 레논, 엘비스 프레슬리, 그레이스 켈리 등등. 다이애나 비의 죽음은 앞으로 그 화려함, 슬픔 등이 어떤 이야기로든 승화되어갈 것입니다.

　노벨평화상 수상자인 테레사 수녀는 타계 직전에 "다이애나는 가난한 사람들과 함께 한 매우 훌륭한 사람입니다. 나와 모든 수녀들이 그녀와 가족들을 위해 기도하고 있습니다"라고 말씀하신 바 있습니다.

　또 다이애나 비의 죽음을 방영한 영국 BBC의 특집 방송에서 "그녀는 자원봉사자나 병약한 사람들과 손잡고 얘기할 때가 가장 싱싱한 모습이었다"고 말하는 것을 들었습니다. 선량함과 정직, 솔직함은 본래 보통 사람 – 서민들이 갖고 있는 장점이며 아름다운 점이 아닐까요. 다이애나 비의 아름다움, 싱싱한 모습도 실은 왕족이 되기 전부터 갖추어져 있던 인간 본래의 것일 테지요.

행복이란 기실 사람마다 다 다르겠지요. 여러분! 부디 행복하소서. (1997 . 10)

진짜 재미있게 사는 사람

한 동화작가가 병원에서 투병생활을 하는 동안 남겨놓은 메모를 보았습니다. 그중 한 구절은 아내와 자녀에게 남긴 "우리 진짜 재미있게 살자"였습니다. 그러나 이분은 이 소박한 소원을 이루지 못하고 떠났습니다.

이분이 병상에서 깨달은 진짜 재미있는 삶이란 어떤 것일까요?

그동안 집을 마련하기 위해, 남부럽지 않은 가구를 장만하기 위해, 아이들의 학교 성적을 높이기 위해 눈 부라리고 살아왔던 것에 대해서는 '가짜' 판정을 내린 것이 아닐까요?

언젠가 영덕 바닷가에서 이런 농부를 본 적이 있습니다. 아마 근처 논에서 피라도 뽑고 오는지 정강이에 뻘을 묻힌 채 두 아이의 손목을 잡고 오더군요.

그이는 아이들과 모래밭에 까치집을 지어서는 서로들 잘 되었다고 한바탕 다투었습니다. 그리고는 이내 훌훌 옷을 벗고 바다 속으로 뛰어들어 갔습니다. 한참 수영을 하며 물장구를 치고 노는가 했더니 이번에는 물풀 줄기를 주워 허리에 두르고 작대기를 들고서 카카카카카 소리 지르며 남태평양 원주민 춤을 추고 놀았습니다. 그리고 얼마 후 소나무 밑에서 조용히 아이들에게 책을 읽어주고 있었습니다.

바로 이 사람이 '진짜 재미있게 사는 사람' 이 아닌가 생각합니다.

데인 셔우드라는 사람이 쓴 시 '죽기 전에 꼭 해볼 일들' 중에서 몇 가지를 추려보면 이렇습니다.

○ 나무 한 그루를 심는다.

○ 누군가의 발을 씻어준다.

○ 달빛 비치는 들판에서 벌거벗고 누워 있는다.

○ 소가 새끼 낳는 장면을 구경한다.

○ 지하철에서 낯선 사람에게 미소를 보낸다.

○ 특별한 이유없이 한 사람에게 열 장의 엽서를 보낸다.

○ 다른 사람이 이기게 해준다.

 그리고… 봄

◦ 아무 날도 아닌데 아무 이유 없이 친구에게 꽃을 보낸다.

◦ 결혼식에서 축가를 부른다. [1998 . 07]

유머의 힘

괴로울 때 웃는 것 - 바로 이 유머가 '영국 신사'의 자격 중 제일가는 요소라고 한다. 몇 년 전 포클랜드 분쟁 때 전쟁터에 나가는 남편의 무사 귀환을 기원하면서, 영원히 이별하게 될지도 모르는 남편에게 아내가 암벽 ㅃ壁에 서서 풍만한 유방을 내밀고 격려하며 웃는 얼굴이 담긴 포스터를 본 적이 있다. 나는 그 순간 웃어야 할지 울어야 할지 망설이다가 아! 바로 이것이 영국 사람들이 말하는 '센스 오브 유머'로구나 생각했다. 유머를 웃음과 눈물의 사이라고 하지 않던가.

이름 있는 요리사는 '평소에 먹고 있는 음식과 좋아하는 요리를 알게 되면 그 사람의 됨됨이를 알 수 있다'고 한다. 이와 마찬가지로 어떤 경우에 웃는가, 무엇을 우스갯거리로 알고 있는가를 관찰하면 그의 인품을 알 수 있을 법하다.

한국 사람은 본래 예禮를 중히 여겼지만, 동시에 해학을 즐기는 민족으로도 알려져 왔다. 언젠가 유네스코의 연례 모임이 서울에서 있었을 때 그 테마는 '한국인의 해학'이었다. 조선 5백 년간, 유교적 예법에 사로잡혀 웃음까지도 자유로울 수 없었다고 하지만, 실상은 서민들의 웃음, 해학은 풍성했다. 맞대놓고 비판하면 예법에 어긋나기 때문에 웃음이나 농담을 빙자하여 하고 싶은 말을 하는 데 한국인의 재치는 빛을 냈다. 또한 권력이 백성을 압박하면 할수록 해학의 질은 한층 신랄해졌다. 해학의 소재로는 권력 이외에도 남녀 간의 정사情事에 얽힌 재담, 말장난도 한몫을 한다.

요즈음 우리 사회에서 유행되고 있는 해학 중에 위험 수준에 육박하는 것이 없지 않다. 대통령을 지낸 분들에 대한 해학은 시도 때도 없이 전국에 퍼지고 있다. 해학 − 유머를 갖지 않은 성자聖者는 음산한 성자라고 한 이도 있다. 유머를 갖지 못한 성자는 성자라고 할 수 없을지도 모른다. 본래 인간의 정신은 모든 것을 조소嘲笑한다는 철학자도 있지 않는가.

사람은 누구나 희망과 절망 사이에서 살아간다고 할 수 있다. 조그만 유머 센스는 인생에 대한 사랑의 증거이다. 유머 센스를 발휘하는 데 주저하거나 사양할 필요가 어디 있을 것인

가. 어차피 불완전할 수밖에 없는 인간끼리 살아가는 세상, 한 발자국 거리를 두고 세상을 바라보면 절로 너그러움도 생기고 유머의 샘도 어렵지 않게 발견할 수 있을 텐데. (1999. 10)

인생의 시위를 당기듯

"자기 활을 쏴야 합니다. 남을 의식할 필요가 없습니다. 아! 너무 긴장했군요. 바람이 있을 때는 좀 더 빨리 쏴야지요! 마음이 왜 두근두근할까요. 언제나 복병은 있고, 위기는 있게 마련입니다. 활을 쏘는 사람이 시간을 끌면 몸이 굳어집니다. 정신력으로 침착하게 끝까지 밀어붙여야 해요. 바람은 불다 안불다 합니다. 지나친 긴장은 불안으로 이어집니다. 욕심내지 말고 평상심으로, 잠시 하늘을 쳐다보렴. 아직 기회가 있습니다. 겁 없는 막내인 '이성진 선수'에게 용기를! 아쉬움은 빨리 잊어버려야 해. 이기고 지는 것을 잠시 잊어버려! 국민 여러분! 힘을 모아주세요. 응원의 박수소리가 힘을 줍니다. 자신감을 가져라. 흔들리면 안 돼.

아! 한 점 차이로 지네요. 아! 이럴 수가. 성진아! 이제는 모든 걸 잊어버려! 국민 여러분! 졌을 때 더 큰 박수를 쳐주세요. 한 번 실수한 선수가 더 큰 선수가 될 수 있습니다. 실패한 경험으로 노련미가 생깁니다. 정신력도 강해지고요. 아깝게 한 점 차이로 금메달을 놓쳤지만, 막내는 더 큰 선수가 될 수 있어요."

아테네 올림픽 양궁 시합에서 시시각각으로 시합 모습을 알려준 왕년의 양궁 금메달리스트 김경욱 님의 목멘 소리였습니다. 당시 너무나도 감격스러웠기에 생각나는 대로 되새겨보았습니다. 김경욱 님의 말 속에는 인생의 모든 것이 압축되어 있습니다. 세월이 가도 좀처럼 잊을 수 없는, 잊어서도 안 되는 '인생 응원'이 담겨져 있습니다.

젊은 남녀 여러분! 마음과 목표가 일치해야만, 가치 있는 일을 해낼 수 있습니다. 겨냥하는 목표가 흔들릴 때, 그의 인생은 마치 길을 잃고 방황하는 표류자와 같이 될 것입니다. 인생의 목표가 분명하지 않은 사람은 언제나 불안과 무력감을 떨칠 수 없습니다.

진정 인생에 성공하기 위해서는 인생의 목표 — 과녁을 향하여 곁눈 팔지 않고, 자신 있게 자기 인생의 시위를 당겨야 할 것입니다. 과녁에 맞추는 것에 만족할 것이 아니라, 과녁을 뚫고 나가는 기백을 가지고 힘차게 걸어나갑시다. (2005 . 02)

학교가 사람을 만들지 못한다

　새학기가 시작되는 계절이다. 원하는 학교에 합격하여 더없이 기쁜 마음으로 교문에 들어서는 사람이 있는가 하면 시험에 실패하여 울적한 기분에 숨을 죽이고 있는 젊은이들도 있다. 합격이건 불합격이건 시험을 치른다는 것은 젊은이들로서는 귀중한 인생 경험 – 인생의 양식을 얻는 일이다.

　세상에는 곳곳에 관문이 있다. 그중에서도 학교에 들어가는 관문은 지옥문처럼 힘들고 어렵다. 한편 시험을 대수롭게 여기지 않는 사람도 있다. 시험이란 별것 아니다. 실제로 합격한 사람과 낙방한 사람 사이에 무슨 큰 차이가 있겠는가. 아인슈타인도 뉴턴도 낙방한 경험이 있지 않은가. 에디슨은 초등학교마저도 자기 성미에 맞지 않아 몇 달 다니다가 자퇴해버리지 않았던가.

그리고… 봄

금년은 발명왕 에디슨이 태어난 지 150년 되는 해이다. 그는 학교에 가지 않고 집에서 어머니에게 교육을 받으면서 오로지 자기가 흥미를 갖는 일에만 열중했다. 16세에 전신기사가 되어 전국을 방랑하다가 손재간을 인정받아 뉴욕에서 전기 기술자로서 정주定住한다. 축음기, 백열전구, 영화 등을 차례차례 발명하여 20세기의 길을 열어갔다. 에디슨이 뉴저지에 만들었던 연구소는 '발명 공장'이라고까지 불리었다. 에디슨을 어린이를 위한 위인전 속에만 가두어둘 것이 아니라, 커가는 젊은 이들의 이과 교육이나 연구 개발의 시점에서 진지한 연구 대상으로 삼을 필요가 있지 않을까.

　서양의 격언에 '학교가 사람을 만들지 못한다School can not make a man'는 말이 있다. 시험에 떨어졌지만 후일 크게 성공한 사람들에게는 공통점이 있다. 자기 자신이 흥미를 가진 일에 관해서는 남보다 더 열중하고 파고든다는 것이다. 일단 의미가 있다고 느끼면 그야말로 그 일에 미친다. 과학자, 예술가, 작가, 스포츠맨 등 이름을 남긴 사람들은 모두가 자기 일에 미친 사람들이다.

　말을 물가에까지 끌고 갈 수는 있다. 그러나 물을 먹고 안 먹고는 자신에게 달려 있다. 시험에 합격하여 교문에 들어서기까지는 물가에 온 것에 비유할 수 있다. 물을 먹느냐, 안 먹느냐, 무엇에 미치느냐 그렇지 못하느냐는 본인에게 달려 있다. 시험 제도 자체에도 문제가 있지만 그럴수록 합격 여부에 관계없이 자신의 소질과 능력을 하루빨리 발견하는 자만이 시대를 앞서 갈 수 있다. 학교는 도움을 줄 뿐이다. (1997. 03)

서로 인사를 나눈다는 것

　'안녕하세요?' 라는 말을 건네기가 그렇게도 어려운 일일까요. 또 사람들 앞에서 자기 생각을 짤막하게나마 밝히는 인사말이 그렇게도 힘든 일일까요? 유치원에 다니는 어린이에게 '안녕하세요?' 라고 말을 건네보세요. 당장 그 아이는 '안녕하세요!' 라고 응답해올 것입니다. 한 다리 건너면 대체로 다 알 수 있는 우리 사회에서, 인사를 주고받는 일에 참으로 인색한 것은 어찌된 일일까요? 봄은 입학식, 입사식, 결혼식 따위가 많은 계절입니다. 그만큼 서로 인사를 나눌 기회가 많아지지요. 처음 보는 사람끼리라도 이쪽에서 먼저 인사말을 전하면 그 분위기가 한결 따뜻해지지 않을까요.

　스피치speech라고 하면, 연설을 연상하여 말이 딱딱해지고 재미가 없는 것이 보통입니다. 유머를 섞어가면서 말을 이어가는 사람이 드물지요. 제일 곤란한 경우는 말이 길어지는 것. 여자의 스커트와 연설은 짧을수록 좋다는 익살도 있습니다. 결혼식 주례 선생님의 말씀도 3분 내지 5분이면 무난한 셈이지요.

짧은 인사말 – 짧을수록 어렵다고들 하지요. 에센스를 농축해야 할 테니까요.

어떤 명사회자의 경험담을 소개합니다. 그는 어렸을 때 말이 서툴러 창피한 나머지 되도록 말을 삼가며 살아왔는데, 사춘기가 되어 같은 또래의 이성에게 잘 보이기 위하여 무척이나 고심하며 연구를 했답니다. 같은 얘기라도 더 재미있게 할 수는 없을까, 어떻게 하면 듣는 이로 하여금 웃음을 자아낼 수 있을까. 동서양 역사에서 익살, 풍자, 해학을 모아 외기도 하고, 테이프 레코더에 자기 말을 취입시켜 훈련도 했다지요.

미국이나 유럽에서는 초등학교, 중학교 때부터 스피치 트레이닝을 한답니다. 자기 나라의 국어이니만큼 정확한 발음부터 시작하여 의사 표시를 제대로 할 수 있도록 가르칩니다. 그들이 말하는 좋은 스피치 조건을 종합하면, '먼저 말의 기둥을 정한다. 구체적 사례와 유머를 붙인다. 그리고 짧게. 마지막에는 말의 완급을 생각하면서 일방통행이 되지 않도록 시청자의 반응을 보면서 말한다' 따위입니다.

청산유수처럼 말 잘하는 사람이 반드시 훌륭한 것은 아니지만, 간결한 가운데서도 뼈 있는 스피치는 오늘을 살아가는 사람의 귀중한 소양이라고 할 것입니다. 그러한 소양은 언제나 누구에게나 눈이 마주칠 때면 "안녕" 인사를 나누는 다정한 마음에서부터 비롯된다는 사실을 잊지 맙시다. (1997 . 05)

감동합시다!

사람도 꿈도 감동感動하면서 자란다. 한 번의 감동이 인생을 변화시키기도 한다.

2002년 세계인의 축제인 월드컵이 우리나라에서 개최된다. 뛰어난 선수들의 묘기, 현란한 드리블, 강력한 슈팅, 생각만 해도 가슴이 설렌다. 우리네 어린이들도 얼마나 좋아할 것인가.

높은 산꼭대기에 올라가서 벅찬 감동을 느끼지 않은 사람이 있을까. 수령이 기백 년 된 거목 앞에서, 그 압도적인 존재 앞에서 감동하지 않는 사람이 있을까.

참다운 예술은 곧 감동이라 했다. 예술에 진보란 없다. 오직 있는 것은 변화이며 감동뿐이다. 과학에서 가장 중요한 것은 커다란 놀람Great Surprise이다. 수식數式이나 실험을 아름답다고 느끼고 감동할 때 그것이 다음 연구의 원동력이 된다는 것이다.

신선하며 커다란 놀람 – 이것이 바로 학술과 예술의 원점이며 인간 정신활동의 근본이리라. 책! 책은 감동의 샘물이다. 책을 읽고 감동·감명한 사람들이 역사를 만들어가는 것이다.

그리고 한 가지 더. 사람들은 꽃과 열매 같은 결과에만 감동하고 환호하지만 그 이전에 폭풍우를 이겨내는 피나는 노력과 참을성과 기다림이 있었다는 사실을 기억해야 할 것이다.

(2002 . 02)

어느덧 4년이 흘러 독일 월드컵이 얼마전 막을 내렸습니다. 16강 진출을 이루지 못한 것은 아쉽지만, 우리 선수들 잘 싸워주었습니다. 안방 TV 앞에서, 시청 앞 광장에서, 거리거리에서 온 대한민국이 느꼈던 그 감동과 기쁨은 여전히 우리 심장을 뛰게 합니다.

젊음은 행동이다

　새봄이 왔습니다. 이제부터 사회생활의 첫발을 내딛는 젊은
이들은 기대와 희망으로 또는 두려움으로 가슴이 설렐지도 모
르겠습니다. 친구들과 어울려 배우며 놀던 학창 시절과는 달리,
여러분은 이제 자립한 어른으로서 자신의 말과 행동을 책임지
고, 결단을 내려야 하는 현실사회의 문턱에 섰습니다.

　자신의 힘으로 헤쳐가야 하는 사회생활 – 자신을 연마하고
앞날의 가능성을 넓혀가는 열쇠는 바로 여러분 자신 속에 깊숙
이 감추어져 있음을 잊지 마세요.

　앞으로 어떤 인물이 되겠다고 마음먹었으면 주저없이 그 길
에 도전하세요. 행동하노라면 미래가 보이지만 생각만으로는
미래를 볼 수 없다고 했습니다. 해보기 전에는 결과가 어떠할지
알 수 없다는 것이지요. 예술가들도 작품이 미리 머릿속에 있는

것이 아니라 해가면서 미美의 경지에 다다른다고 했습니다. 미켈란젤로도 "모든 인물을 미리 머릿속에 그려놓고 실제로 그리기 시작한 것이 아니라, 먼저 그리기 시작했고 그려가면서 인물들의 모습이 떠오른 것이다"라고 했습니다.

그러므로 젊은이 여러분, 이것저것 생각만 할 것이 아니라, 무엇이든 먼저 시작하세요. 그러면 다음 해야 할 일이 무엇인지 알게 될 테니까요. 시행착오를 거듭해가는 가운데 계획이 구체화되고 미처 생각지도 않았던 전망이 열릴 수가 있습니다.

진정한 인생 설계는 역행力行에서 얻어지는 것이지, 공상에서 생겨나지 않습니다. 성공 기업의 사례도 미리미리 준비하고 기획한 회사보다는 풍설風雪을 견디면서 발전한 회사 중에 많습니다. "생각하는 것은 쉬운 일이다. 행동하는 것은 어려운 일, 자기의 생각에 따라 행동하는 것은 가장 어려운 것이다"라고 했습니다.

행동하는 젊은이에게 행운이 있기를! (2004 . 04)

훈훈한 마음, 빙그레 웃는 모습

  힘이 센 아이보다 말 잘하는 아이를 낳아라. 예로부터 들어왔던 우리네 어버이들의 말이다.

  노산鷺山 이은상은 한국의 대표적 해학가로 김삿갓－김립金笠을 들었다. 거지 행각을 하면서 전국을 방랑했던 김삿갓이 어떤 주막집에서 죽 한 사발을 얻어먹었다. 말이 죽이지 밥알보다도 물이 많은 흰죽을 얻어먹으면서 읊은 그의 시 한 수가 이러했다.

  "(…)맑은 죽 속에 거꾸로 비치는 산수의 모습이 정녕 좋구려."

  이와 같은 풍류가 있었기에 우리의 역사가 끈덕지게 이어져 왔는지도 모를 일이다.

  중국 사람들은 유머를 음역하여 '유묵幽默'이라 쓴다. 그윽

할 유幽에 묵묵할 묵默. 이 자체가 중국인의 유머 감각을 상징하고 있다. 한국이나 중국의 민속자료를 보면 관료주의에 대한 뿌리 깊은 반감과 저항을 볼 수 있다. 말끝마다 백성들의 절실한 소원을 담고 그들의 생활을 숨겨놓았다. 그리하여 내려오는 얘기 속에서 세태인정에 얽힌 유머가 끝없이 생산된다.

한편 서양 사람들의 유머, 조크, 위트는 재기가 반짝이고 웃음이 절로 난다. 특별한 인텔리가 아니더라도 그들 말 속에는 언제나 기지가 있고 웃음을 끌어내는 센스가 있다.

2차 대전이 한창일 무렵, 독일 베를린에서 프랑스 기자가 친구에게 말했다.

"여보게, 좋은 것도 같고 나쁜 것도 같은 뉴스가 있네. 히틀러가 방금 죽었다는 거야."

"뭐라고? 그것은 좋은 뉴스가 아닌가?"

"그런데 그것이 오보라는 게야."

언론이 자유롭지 못한 사회에서는 흑색 유머가 만발한다. 권력과 일반 시민 사이의 거리가 멀어질수록 발 없는 말이 천리 간다. 누가 지어냈는지 알 수 없는 말이 그처럼 빠른 속도로 퍼져나가는 데는 그럴 만한 연유가 있으리라.

도산島山 안창호 선생이 바랐던 한국인의 상像은 '훈훈한 마음과 빙그레 웃는 모습'이었다. 원색적 말이 오고 가는 우리네 정계, 말을 무기로 삼아야 할 정치가는 말의 멋 – 유머 감각을 터득해야 하지 않겠는가. 힘센 사람보다 말 잘하는 사람의 존재가 절실함은 예나 지금이나 다름이 없다. (2006 . 04)

청춘

청춘이란 인생의 한 기간이 아니라 마음가짐을 말한다.

씩씩하고 늠름한 의지력

풍부한 상상력, 불타는 정열을 말한다.

청춘이란 인생의 깊숙한 곳에서 솟아오르는 샘물의 청신함이다.

청춘이란 겁怯을 타지 않는 용맹심

안이安易를 물리치는 모험심을 말한다.

때로는 스무 살 젊은이에게보다는 예순 살 난 사람에게 청춘이

있다.

나이를 먹었다고 사람은 늙지 않는다.

이상을 잃을 때 비로소 늙는다.

세월은 피부에 주름을 더하지만 정열을 잃으면 마음이 주름진다.

257

고뇌, 공포, 실망은 기력을 잃게 하고 정신을 쓰레기로 만든다.

예순 살이건 열여섯 살이건 사람의 가슴에는
놀라움에 끌려가는 마음, 어린이와 같은 미지의 세계에 대한
탐구심, 인생에 대한 흥미와 환희가 있다.
그대에게도 나에게도
마음속에는 보이지 않는 정거장이 있다.
사람들로부터, 하느님으로부터
아름다움, 희망, 기쁨, 용기, 힘의 영감을 받고 있는 한 그대는
젊다.

영감靈感이 끊기고 정신이 냉소冷笑의 눈에 덮이고
비탄의 얼음 속에 빠져 들어갈 때면
스무 살 나이에도 사람은 늙는다.
머리를 높이 쳐들고 희망의 물결 위에 올라 있는 한
여든 살이 되더라도
사람은 청춘으로 지낼 수 있다.

_ 사무엘 울만Samuel Ullman의 시 '청춘' [1991 . 08]

그리고… 봄

사무엘 울만이 이 시를 지은 것은 78세 때라고 합니다. 그러나 그의 작품을 담은 시집은 끝내 출판되지 못했고, 그의 죽음과 함께 시도 역사 속으로 사라졌습니다. 그런데 이 시는 의외의 인물을 통해 세상에 알려지게 됩니다. 전쟁 중 맥아더 장군의 책상 위 액자 속에 들어 있던 이 시가 종군기자를 통해 〈리더스 다이제스트〉에 소개된 것이지요. 후에 원작자가 사무엘 울만이라는 것이 밝혀지면서 그의 시집도 세상에 나오게 됩니다. 이 시는 미국보다 일본에서 더 유명한데 마쓰시타 그룹 창업자인 마쓰시타 고노스케는 70의 나이에 이 시에서 영감을 얻어 새로운 사업을 시작했다고 합니다.

오늘만은

우리는 흔히 일상日常이라는 말을 씁니다. '날마다' '평소' '항상'이라는 뜻입니다만 좀 더 살펴보면 날마다 또는 평소에 항상 하고 있는 일을 가리키는 말이기도 하지요. 더러는 같은 일을 반복할 때 쓰기도 하는 이 말은 발전적인 용어라기보다는 정지된 늪을 연상케 합니다.

인생에는 연습이 없습니다. 오늘 하루, 지금 이 순간은 다시 올 수 없는 시간입니다. 그런데 어제처럼 오늘을 무의미하게 보내고 내일 역시 오늘 같은 일상이 되어서야 되겠습니까. 교황 요한 23세의 기도를 들어보시지요.

"오늘만은 노력하겠습니다. 제 삶의 문제를 한번에 해결하려 하지 않고 하루를 체험하려고 노력할 것입니다. 오늘만은 제가 나서는 것을 극도로 조심하겠습니다. 아무도 비판하지 않을 것입니다. 다른 사람의 행동을 고쳐주려 하거나 수정하려 하지 않을 것입니다. 제 자신을 빼고는 말입니다.

오늘만은 제가 행복하기 위해 태어났다는 확신을 가지고 행복해하겠습니다. 다음 세상을 위해서뿐만이 아니라 이 세상을 위해서도 말입니다. 오늘만은 주변 상황이 나와 나의 욕망에 맞도록 요구하지 않고 나 자신을 주변 상황에 맞추겠습니다.

오늘만은 제 시간 중 10분을 좋은 책을 읽는 데 바치겠습니다. 육신이 살기 위해 음식이 필요하듯이 영혼이 살기 위해서는 좋은 책이 필요하니까요.

오늘만은 제가 하기 싫은 무엇인가를 하겠습니다. 자존심 상하는 일이라 느껴지면 아무도 그것을 눈치채지 못하게 하겠습니다.

오늘만은 정확한 계획을 세우겠습니다. 비록 그것을 지키지 못한다 하더라도 계획을 세우겠습니다. 그리고 저는 두 가지 나쁜 점을 피하겠습니다. 즉 서두르는 일과 망설이는 일 말입니다.

오늘만은 두려워하지 않겠습니다. 특히 아름다운 모든 것을 기뻐하고 호의를 믿는 데 두려움을 갖지 않겠습니다." [1998 . 06]

그다음은,
네 멋대로 살아가라

2006년 8월 15일 1판 1쇄 발행
2006년 9월 15일 1판 3쇄 발행

지은이 | 김재순
그린이 | 황주리

펴낸이 | 김성구
편집장 | 홍승범 책임편집 | 이미현
제작 | 신태섭 마케터 | 최윤호 관리 | 노신영

펴낸곳 | (주)샘터사
등록 | 2001년 10월 15일 제1-2923호
주소 | 서울 종로구 동숭동 1-115(110-809)
전화 | 763-8962(잡지사업부) 742-4929(영업마케팅부) 팩스 | 3672-1873
홈페이지 | www.isamtoh.com e-mail | editor@isamtoh.com

ISBN 89-464-1568-1 03810

이 도서의 국립중앙도서관 출판시도서목록(CIP)은 e-CIP 홈페이지(http://www.nl.go.kr/cip.php)에서
이용하실 수 있습니다. (CIP제어번호 : CIP2006001638)

소리로 읽는 샘터 · 오른쪽 페이지 윗부분에 시각장애인을 위한 음성변환 바코드가 실려 있습니다.